우리가 서 있던 자리

섬에서 온 소년의 공직 30년 기록

우리가 서 있던 자리

초판 1쇄 인쇄일 2026년 4월 10일
초판 1쇄 발행일 2026년 4월 20일

지은이 문상배
펴낸이 양옥매
디자인 표지혜 송다희
마케팅 송용호
교   정 정혜성

펴낸곳 도서출판 책과나무
출판등록 제2012-000376
주소 서울특별시 마포구 방울내로 79 이노빌딩 302호
대표전화 02.372.1537   팩스 02.372.1538
이메일 booknamu2007@naver.com
홈페이지 www.booknamu.com
ISBN 979-11-6752-790-5 (03800)

우리가 서 있던 자리

섬에서 온 소년의 공직 30년 기록

자리

문상배 지음

머리말

이 책은 한 개인의 삶을 관통해 온 시간의 흔적을 따라 적어 내려간 기록이자 내가 머물렀던 자리에서 마주한 책임의 무게에 대한 고백이다. 그저 오랜 시간 공직의 자리에 머물며 보고 듣고 선택해야 했던 순간들이 어떤 무게로 쌓여 왔는지를 조심스럽게 돌아본 성찰에 가깝다.

앞부분에 놓인 글들은 삶의 출발선에서부터 공직이라는 제도 안으로 들어오기까지의 시간, 그리고 그 안에서 마주한 책임과 선택의 순간들을 따라간다. 섬에서 도시로 건너온 성장의 기억, 먹고사는 문제 앞에서 미뤄두어야 했던 소년의 희망과 꿈, 뒤늦게 선택한 공직의 길과 그 길 위에서 감당해야 했던 시간의 무게가 하나의 흐름으로 이어진다. 이 글들은 한 개인의 이력이라기보다 많은 사람들이 각자의 자리에서 겪어왔을 법한 삶의 장면들에 가깝다.

공직에서 보낸 시간은 제도와 규정만으로 다 담아낼 수 없었다. 현장은 늘 사람의 삶과 맞닿아 있었고, 판단은 언제나 확신과 망설임 사이에서 이루어졌다. 이 책에 실린 에피소드들은 무엇을 이루었다고 말하기 위한 기록이 아니라, 결정 이후에도 오래 남아 있던 마음의 흔적을 붙잡아 둔 이야기들이다. 책임이라는 말이 실제로 어떤 무게로 다가오는지는, 그 자리를 건너온 사람만이 온전히 감당할 수 있다고 믿기 때문이다.

책의 뒤쪽에는 신문 지면을 통해 발표했던 20여 편의 칼럼 가운데 일부를 함께 묶었다. 삶의 현장에서 쌓여 온 시선이 어떻게 사회를 향한 질문으로 이어졌는지를 보여주기 위해서다. 앞의 이야기들이 개인의 경험에 뿌리를 두고 있다면, 뒤의 글들은 그 경험이 공적인 문제의식으로 확장된 흔적에 가깝다.

이 기록이 어떤 성공의 증거가 되기를 바라지 않는다. 그저 무엇을 지키려 애썼는가에 대한 담담한 고백이 되었으면 한다. 무엇이 책임이었는지 어디까지가 역할이었는지 그리고 우리는 각자의 자리에서 어떤 선택을 반복해 왔는지 이 기록들이 독자에게 잠시 멈춰서서 자신의 시간을 돌아볼 수 있는 작은 여백이 되기를 바란다. 삶의 자리에서 던진 질문은 결국 사회를 향하게 되고 그 질문은 다시 우리 각자의 삶으로 돌아온다. 이 책은 그 순환의 한가운데에서 조용히 남겨진 기록이다.

– 2026년 4월

문상배

제3부 | 제도 밖에서 작동한 관계들

공직이라는 길은 처음부터 선택한 길은 아니었다. 섬에서 도시로 건너오며 마주한 현실은 거칠었고, 공부는 하고 싶었지만 늘 우선순위에서 밀려나 있었다. 먹고사는 일이 먼저였고, 선택은 여유가 아니라 필요에 의해 이루어졌다. 돌아보면 그 시절의 결정들은 계획이라기보다 상황에 대한 응답에 가까웠다. 차이를 견디며 버텨야 했던 시간과 흔들리던 순간들, 다시 책을 펼치게 만들었던 밤이 이어지며 나는 조금씩 앞으로 나아갔다. 그 모든 과정은 한 제도 안으로 들어서기까지 지나온 시간의 흔적이었다. 결국 나는 공직이라는 길 위에 서게 되었다.

제1부

공직으로 향한 출발과 선택의 시간

세상을 훤히 보고 싶었던 소년에게

섬마을 아이들의 아침은 길 위에서 시작되었다. 특별한 교통수단이 없던 시절 학교는 걸어가야 닿는 곳이었다. 집을 나서면 바닷바람이 먼저 따라왔고 마을 끝에서 시작된 신작로와 산길이 학교까지 조용히 이어져 있었다. 우리는 그 길을 따라 천천히 걸었다. 길은 길게 이어져 있었으나 마음은 늘 느긋했다.

산길을 지나면 이름 모를 들꽃들이 바람을 따라 조용히 흔들렸고 풀숲 사이로 다람쥐가 재빠르게 몸을 숨기곤 했다. 멀리서 노루 한 마리가 고개를 들고 아이들을 바라보다가 이내 숲속으로 사라지기도 했다. 우리는 그 모습을 잠시 바라보다가 길을 이어갔다.

그 길 끝에 바다를 등지고 선 작은 초등학교가 있었다. 아침이면 운동장엔 갯내음이 먼저 와 있었고 교정 한쪽에는 오래된 플라타너스가 그늘을 드리우고 있었다. 흙먼지 날리는 운동장은 아이들의 유일한 놀이터였다.

멀리서 부서지는 파도 소리와 뱃고동 소리는 담장을 넘어 교실 안까지 자연스럽게 스며들었다. 교실 한켠엔 빛바랜 낡은 풍금이 놓여있었다. 음악 시간 선생님이 발판을 굴러 소리를 내면 낮고 거친 음색이 흘러나왔다. 세련되진 않았어도 우리에겐 세상에서 가장 선명한 음악이었다. 그 무렵의 나는 아직 세상이 교실만큼이라고 믿던 초등학교 2학년이었다.

시골 학교의 교실은 늘 아이들의 소란으로 들썩였다. 쉬는 시간만 되면 책상 위를 놀이터 삼아 뛰어다니는 우리를 보며 담임선생님은 말씀하셨다.

"애들아 제발 책상 위에 올라가지 마라. 교무실 창가에 서면 너희 교실이 훤히 다 보인단다."

그 시절 시골 아이들은 대다수가 한글을 떼지 못한 채 입학했다. 어느 국어 시간 선생님은 '훤히'라는 단어를 노트에 쓰라고 하셨다. 나는 연필을 꾹꾹 눌러 노트에 적었다. 단어가 아닌 문장으로. 교무실에서 우리 교실이 훤히 보인다. 선생님은 내 노트를 한참 들여다보시더니 반 아이들 앞에서 목소리를 높여 칭찬하셨다.

"애들아 이 문장 좀 봐라. 단어의 뜻을 이토록 정확하게 이해하다니!"

그날 선생님이 건네신 따뜻한 눈빛과 한마디는 어린 소년의 가슴에 글쓰기라는 작은 씨앗을 심어주었다. 칭찬은 고래도 춤추게 한다더니 그때부터 나는 글을 통해 세상을 관찰하고 내 마음을 표현하는 일에 매료되었다. 선생님의 그 한마디가 한 아이의 삶의 방향을 바꿀 수 있다는 사실을 나는 훗날 비로소 깨달았다.

성인이 되어 공직에 발을 들이고 세월의 무게만큼 은빛 연륜이 깃

들기 시작하면서 소년의 호기심 가득했던 문장들은 점차 날카로운 질문으로 변해갔다. 권력은 책임을 다하고 있는가, 국가는 진정 시민의 편에 서 있는가. 우리의 행정은 공정한가. 내 안에서 들끓는 의문들을 참지 못하고 나는 다시 펜을 들었다. 주요 일간지에 기고한 20여 편의 칼럼은 공직자이기 이전에 한 시민으로서 던지는 간절한 독백이었다.

그러나 세상은 교실 안처럼 너그럽지 않았다. 어느 날 날아든 '정치적 중립 위반'이라는 서늘한 지적과 조사과의 호출은 내 문장들을 강제로 멈추게 했다. 공무원이라는 자리는 생각보다 지켜야 할 성벽이 높았고, 하고 싶은 말 보다 삼켜야 할 말이 더 많은 자리였다. 교무실에서 교실이 훤히 보이듯 조직은 내가 신문 지면에 남긴 표현 하나하나의 의미를 낱낱이 들여다보고 있었다.

선생님의 칭찬은 내 안에 작은 빛으로 스며들었고 나는 그 빛으로 세상을 훤히 내다보고 싶었다. 그러나 역설적으로 조직은 내게 책임의 깊이와 말의 신중함을 먼저 요구했다. 소년 시절 선생님의 칭찬이 글쓰기를 사랑하게 만들었다면, 공직의 한복판에서 들은 그 지적은 문장의 무게가 얼마나 무거운지, 그리고 때로는 침묵 또한 공직자가 짊어져야 할 책임의 일부임을 아프게 일깨워주었다.

비록 신문 지면 위에서의 외침은 멈췄을지라도 내 안의 펜은 꺾이지 않았다. 이제 나는 누군가를 공격하는 날 선 칼럼 대신 30년 공직의 길 위에서 마주했던 이름 없는 얼굴들과 그들의 고단한 삶을 기록하려 한다. 그것이 나를 춤추게 했던 선생님의 칭찬에 보답

하는 길이자 내가 선택한 공직이라는 숙명에 끝까지 책임을 다하는 방식이라고 믿기 때문이다.

2 ———

섬에서 도시로, 질문은 그렇게 시작되었다

그리고 그 기록의 뿌리는 훨씬 더 오래전의 시간으로 거슬러 올라간다. 그곳은 세상을 훤히 내다보고 싶다던 소년의 꿈이 작게 웅크리고 있던 곳이자 바다를 닮은 정직한 삶의 태도를 처음으로 일깨워준, 내가 태어나고 자란 곳 서해 최남단의 작은 섬이었다.

집을 나서면 곧바로 바다가 보였고 십 리를 잇는 백사장이 섬의 허리를 감싸고 있었다. 바다는 날마다 다른 얼굴로 숨을 쉬었다. 뱃고동 소리는 하루의 시작과 끝을 알려주었고, 갈매기 울음과 파도 소리는 배경 음악처럼 늘 곁에 있었다. 그곳은 작았지만, 소년에게는 충분히 아름답고 넓은 세계였다.

아버지는 어부였다. 새벽에 배를 타고 나가 밤늦게 돌아오는 날이 많았고 바다가 험한 날에는 며칠씩 집을 비우기도 했다. 바람과 파도와 싸우는 고된 삶이었지만 아버지는 늘 힘든 내색을 하지 않았고, 바다 앞에 겸손하셨으며 정직한 사람이었다.

바다에서 얻은 것이 있는 날과 없는 날을 굳이 구분하지 않았고 그 모든 날을 삶의 일부로 받아들이셨다. 나는 그 모습을 보며 살아가는 방식이란 특별한 것이 아니라 그렇게 주어진 자리에서 묵묵히 버텨내는 것이라고 배웠다. 그런 태도가 내가 처음 배운 삶의 윤리였는지도 모른다.

섬에서의 유년은 조용했다. 사람은 많지 않았고 소문은 빨랐다. 누구 집에 무슨 일이 생기면 그것은 곧 마을 전체의 이야기가 되었다. 사적인 일과 공적인 일이 크게 구분되지 않는 공간이었다. 그만큼 숨을 곳도 벗어날 길도 많지 않았다. 책임은 자연스럽게 따라왔다. 그때는 그런 질서가 답답하게 느껴지기도 했다. 섬에서는 혼자일 수 있는 시간이 거의 없었기 때문이다. 하지만 뒤늦게 돌아보면 그 세계는 꽤 정직하게 작동하고 있었다.

섬의 시간은 느렸다. 바람은 늘 바다에서 불어왔고, 아이들의 하루는 해의 움직임에 맞춰 흘렀다. 나는 그 풍경 속에서 까까머리 소년으로 자랐다. 그러나 그 시절의 아름다움을 오래 붙잡아 둘 수는 없었다. 시대의 흐름과 가정이 처한 형편은 어린 소년에게도 선택이 아닌 결단을 요구했다.

낡고 작은 가방 하나가 내 짐의 전부였다. 부두는 평소와 다르지 않았다. 아침 바람이 불었고 육지로 가는 배는 정해진 시간에 들어왔다.

부두 끝에는 밤새 젖은 밧줄이 느슨하게 놓여있었고, 배 밑바닥에 부딪히는 물살이 낮게 출렁였다. 어제와 다르지 않은 아침이었지만 나에게는 그 모든 것이 마지막처럼 느껴졌다. 바닷물 냄새와 기름 냄새가 뒤섞인 아침 공기가 가슴 깊은 곳까지 스며들었다가 조용히 흩어졌다. 끝내 특별한 작별 인사는 없었다.

　여객선이 긴 고동을 울리며 선착장을 밀어냈다. 배가 움직이자 섬의 윤곽이 천천히 멀어졌다. 매일 걷던 신작로와 산길, 저녁이면 연기가 오르던 집, 뛰놀던 운동장, 방파제와 낮은 지붕들, 늘 그 자리에 있던 익숙한 언덕과 나를 키운 작은 마을이 조금씩 뒤로 밀려나기 시작했다. 저 수평선 너머로 섬이 완전히 잠기면 나는 정말 혼자가 된다는 사실이 그제야 실감 났다.

　누군가 조용히 손을 들었다. 나도 따라 손을 들었지만 끝내 이름을 부르지 못했다. 목이 메어 아무 말도 나오지 않을 것 같았다. 섬은 점점 작아졌다. 그만큼 돌아갈 가능성도 작아지는 것처럼 느껴졌다. 여객선은 물살을 가르며 속도를 냈다. 갈매기 몇 마리가 배를 따라 날았다가 어느 순간 방향을 틀어 섬 쪽으로 돌아갔다.

나는 이미 돌아갈 수 없는 길 위에 서 있었고, 돌아갈 곳이 있는 새들이 부러웠다. 섬의 윤곽이 수평선에 묻혀 사라질 때까지 나는 눈을 떼지 못했다. 돌아갈 수 없는 길이라는 걸 알면서도 혹시라도 다시 선착장이 보일까 싶어 끝까지 바라보았다.

그동안 섬에서는 그저 누구네 아들이면 충분했지만, 이제는 나를 설명하고 스스로를 증명해야 하는 사람이 되었다. 그 막막함이 어린 어깨를 조용히 눌렀다. 앞으로 무엇이 기다리고 있는지 알 수 없었다. 도시라는 말은 막연했고 미래라는 단어는 손에 잡히지 않았다. 다만 떠나지 않을 수 없다는 것만은 분명했다. 가슴 한쪽이 저려왔다. 돌아가면 여전히 같은 자리에 있을 것 같은 풍경이 이제는 내가 속할 수 없는 쪽으로 멀어지고 있었다.

그날의 어린 소년은 두려움을 숨기고 있었지만 사실은 많이 무서웠다. 점점 멀어지는 섬을 바라보던 소년의 마음에는 희망은 아주 작았고 외로움은 생각보다 넓었다. 바다는 아무 말도 하지 않았고 나는 처음으로 세상이 나를 시험대 위에 올려놓았다는 것을 어렴풋이 느끼고 있었다.

나는 말 없이 속으로 되뇌었다. 어떻게든 버텨내겠다고. 다시 섬으로 돌아올 날이 있다면 부끄럽지 않은 얼굴로 서 있겠다고. 다만 그날 점점 멀어지는 섬을 바라보던 소년의 눈동자에는 슬픔과 두려움, 그리고 설명할 수 없는 희망이 함께 어른거리고 있었다.

어린 나이에 섬을 떠나 홀로 도시로 올라왔을 때 가장 먼저 느낀 것은 낯설음이었다. 사람은 많았지만 관계는 느슨했고, 말은 넘쳤지만 책임지는 목소리는 쉽게 보이지 않았다. 무엇을 잘하면 인정받는지 무엇을 놓치면 뒤처지는지 기준은 분명하지 않았다. 대신 눈에 보이지 않는 경계가 사람들 사이에 촘촘히 드리워져 있는 듯했다.

도시에서의 삶은 빠르게 흘러갔다. 따라가지 않으면 밀려나는 구조였고 잠시 멈추면 곧바로 뒤처질 것처럼 느껴졌다. 풍경이 바뀌고 소리가 달라졌으며 말의 속도도 눈에 띄게 빨라졌다. 바다 대신 건물이 시야를 채우기 시작했다. 도시는 섬과 달랐다. 기다려 주지도 않았고 설명해 주지도 않았다. 질문보다는 결과를 요구했고 과정은 쉽게 지나갔다.

도시는 이전과 다른 방식의 삶을 요구했다. 살아가는 방식도 나를 설명하는 언어도 새로 익혀야 했다. 섬에서 몸으로 배운 감각들은 도시에서는 종종 설명되지 않는 것들이 되었다. 나는 그 흐름을 이해하기보다 견디는 쪽을 선택했다. 잘 적응했다고 말하기는 어려웠지만 포기하지는 않겠다는 마음 하나로 하루하루를 이어갔다.

섬에서 도시로 옮겨온 삶은 단절이 아니라 이동이었다. 그 이동은 나를 더 넓은 세상으로 데려왔고, 동시에 내가 어디에 서 있는 사람인지 스스로 묻게 했다. 바다를 기준으로 세상을 바라보던 시선은 어느 순간 제도와 구조, 그리고 사람 사이의 관계를 향해 옮겨가고 있었다.

그때는 알지 못했지만 이후 신문 지면에서 사회를 향해 던지게 된 질문들의 출발점은 바로 그 시기였다. 섬에서 배운 정직한 삶의 기준과 도시에서 마주한 복잡한 현실 사이의 간극은 쉽게 설명되지 않는 당혹감이었고, 동시에 나를 멈춰 세우는 질문이 되었다. 질문은 그렇게 아주 개인적인 경험에서 시작되고 있었다.

3

그 집에서 나는 사람을 배웠다

섬에서 도시로 올라온 뒤 가장 먼저 부딪힌 것은 생활이었다. 방 한 칸을 구하는 일, 월세를 맞추는 일, 다음 달을 버틸 수 있을지를 계산하는 일이 하루의 중심이 되었다. 서울에 올라왔을 때 내가 처음 머물렀던 곳은 주인이 사는 집의 뒷방이었다. 방이라고 하기엔 조금 민망한 공간이었다. 집 안 깊숙이 자리 잡고 있었고, 바깥으로 나가려면 반드시 거실을 지나야 했다. 문 하나를 열면 곧장 세상으로 이어지는 구조가 아니라, 그 집의 삶을 통과해야만 밖으로 나갈 수 있는 자리였다. 그래서 나는 늘 조심스러웠다. 발걸음 하나, 문 여닫는 소리 하나에도 신경이 쓰였다.

그 집에는 부부와 세 아이가 함께 살고 있었다. 중학생과 고등학생 아들 둘, 그리고 초등학생 딸 하나. 아이들은 각자의 방이 있었지만, 집의 중심은 언제나 거실이었다. 그 거실을 처음 마주했을 때 나는 순간 발걸음을 멈출 수밖에 없었다. 벽면을 따라 빽빽하게 꽂힌 책들, 그리고 바닥과 탁자 위에까지 넘쳐나던 책들. 단순히 '많다'는 말로는 부족했다. 그곳은 하나의 작은 도서관 같았다.

그때까지의 나는 책을 사서 읽는다는 것은 쉽게 허락되지 않는 일이었다. 읽고 싶은 책이 있어도 늘 주저해야 했고, 대부분은 포기하는 쪽을 택했다. 먹고사는 일이 먼저였던 시절, 책은 늘 뒤로 밀려난 선택지였다. 그런데 그 집 거실 한가운데, 내가 평생 한 번도 가져보지 못했던 세계가 펼쳐져 있었다. 아이들은 그 많은 책들 사이에서 자랐지만, 정작 그 책들을 열심히 읽는 것 같지는 않았다. 오히려 나는 그 틈에서 더 자주 책장을 넘겼다. 어느 날 용기를 내어 책을 한 권 집어 들었다. 그리고 그 집 아저씨에게 조심스럽게 말을 건넸다. 보고 제자리에 잘 갖다 놓겠습니다. 아저씨는 나를 바라보며 웃으면서 말씀하셨다. 얼마든지 봐. 마음껏 읽어. 그 말은 단순한 허락이 아니었다. 그것은 나에게 닫혀 있던 세계의 문이 열리는 순간이었다.

그날 이후로 나는 틈만 나면 책을 펼쳤다. 한 권을 다 읽고 나면 또 다른 책을 꺼냈다. 책은 나를 다른 세계로 이끌었고, 내가 알지 못했던 생각과 언어를 가르쳐 주었다. 그 집 거실은 더 이상 남의 공간이 아니라, 내가 나 자신으로 돌아오는 장소가 되었다. 퇴근길이면 나를 기다리고 있을 책들을 떠올리며 서둘러 집으로 향하곤 했다.

아주머니는 말없이 나를 챙겨 주셨다. 나는 하숙생도 아니었고 그저 방 하나를 얻어 살던 사람이었지만, 아주머니는 늘 내 몫의 음식을 따로 챙겨 두셨다. 때로는 내 방 냉장고에 반찬을 조용히 넣어 두시기도 했다. 그 손길은 부담스럽지 않게, 그러나 분명한 온기로 나를 감싸고 있었다.

그 집 아저씨는 동네에서 '법 없이도 살 사람'이라는 별명으로 불렸다. 그 말이 어떤 의미인지 나는 오래지 않아 알게 되었다. 사람을 대하는 태도, 말투, 눈빛 하나까지도 그 말에 어울리는 사람이었다. 그는 나를 특별하게 대하지 않았지만, 늘 따뜻한 시선으로 바라보았다. 그런 시간 속에서 나는 자연스럽게 그 집의 일부가 되어갔다. 나는 그 집에서 7년을 살았다. 짧다면 짧고 길다면 긴 시간이었다. 그 시간 속에서 나는 책을 통해 조금씩 세상을 배워 갔고, 생각하는 방식과 세상을 바라보는 눈도 달라졌다. 그 변화는 눈에 보이지 않았지만, 분명히 쌓여 가고 있었다.

초등학교 시절, 한 선생님께서 소년의 가슴에 글쓰기의 씨앗을 심어 주었고, 서울에 와서 만난 그 집 사람들은 그 씨앗이 자랄 수 있는 토양이 되어 주었다. 나는 그 집에서 가족이 아니면서도 가족 같은 시간을 살았다. 훗날 대학에 합격했을 때, 그리고 공직에 들어갔을 때, 그 집 부부는 마치 자신의 일처럼 기뻐해 주었다. 아저씨는 아무 말 없이 나를 따뜻하게 안아주셨고, 아주머니는 눈시울을 붉히며 축하해 주었다. 그들의 표정 속에는 설명할 수 없는 따뜻함이 담겨 있었다. 나는 그 순간, 내가 혼자가 아니라는 사실을 비로소 실감했다

지금은 두 분 모두 이 세상에 안 계신다. 시간이 흐르며 많은 것들이 달라졌지만, 그 집 거실의 풍경과 책 냄새, 그리고 조용히 나를 불러 세우던 그분들의 따뜻한 눈빛은 여전히 선명하게 남아 있

다. 때때로 나는 그 시절을 떠올린다. 그리고 생각한다. 사람은 결국, 누구를 만나느냐에 따라 인생의 방향이 달라진다. 나는 그 집에서 책을 읽었고, 사람을 배웠다. 그리고 그 두 가지는 지금의 나를 만든 가장 깊은 뿌리가 되었다.

돌아보면 한 사람의 삶은 스스로의 선택만으로 이루어지지 않는다. 어떤 사람을 만나고, 어떤 관계 속에 놓이느냐에 따라 삶의 방향은 결정적으로 바뀌어 간다. 그 집에서의 시간은 단순히 머물렀던 기억이 아니라, 관계를 통해 한 인간이 어떻게 자라나는지를 보여주는 과정이었다. 피로 맺어진 가족은 아니었지만, 그들이 건네준 배려와 신뢰는 혈연 이상의 온기로 나를 감싸고 있었다. 나는 그들의 삶을 스쳐 지나간 것이 아니라, 그들의 시간 속에 잠시 머물며 나 자신의 일부를 만들어 갔다.

사람은 혼자서 성장하지 않는다. 겉으로는 스스로 선택하고 걸어가는 것처럼 보이지만, 그 뒤편에는 언제나 누군가의 손길과 시선이 놓여 있다. 때로는 말없이 건네진 한 끼의 식사가, 때로는 아무 조건 없이 내어준 한 권의 책이 한 사람의 생각을 바꾸고 삶의 결을 바꾸어 놓는다. 나에게 그 집은 단순한 거처가 아니었다. 세상을 이해하는 방식과 사람을 대하는 태도를 배운 자리였고, 무엇보다 함께 살아간다는 것이 무엇인지 처음으로 체감한 공간이었다. 그곳에서 나는 지식만이 아니라, 인간에 대한 신뢰를 배웠고, 타인의 삶을 존중하는 태도를 배웠다. 그 경험은 시간이 지나면서 더욱 또렷해졌다.

훗날 공직이라는 제도 안에서 수많은 사람을 만나고 다양한 상황을 마주할 때마다 그 시절의 기억을 떠올렸다. 눈에 보이지 않는 자리에서 묵묵히 자신의 몫을 감당해 내던 사람들, 그리고 말없이 타인을 품어주던 태도는 내 선택의 기준이 되었다.

성장은 어느 날 갑자기 이루어지지 않는다. 그것은 수많은 만남과 관계 속에서 조금씩 스며들듯 쌓여 가는 시간의 결과다. 내가 걸어온 길을 돌아보면, 그 안에는 나 혼자의 발자국만 남아 있지 않았다. 어느 순간에는 누군가의 말 한마디가 방향을 바꾸었고, 또 어느 때에는 말없이 건네진 온기가 나를 한 걸음 더 나아가게 했다. 그래서 나는 지금도 믿는다. 한 사람의 인생에서 가장 결정적인 전환점은 거창한 사건이 아니라, 어떤 사람을 만나 어떤 마음을 나누었는가에 달려 있다는 것을. 그리고 그 믿음은 여전히 내 삶의 방향을 조용히 이끌고 있다.

4

먹고사는 일 앞에서 미뤄둔 배움

그 시절, 도시에서의 삶은 곧 생활 그 자체였다. 방 한 칸에 몸을 의지하고 있었지만, 월세를 맞추고 다음 달을 버틸 수 있을지를 계산하는 일이 하루의 중심이 되었다. 공부는 하고 싶다고 해서 할 수 있는 일이 아니었다. 그 시절의 나는 선택을 고민할 여유보다는 당장의 생활비를 마련하고 한 달을 무사히 넘기는 일이 더 급했다.

누군가는 대학 진학을 준비하던 시기에 나는 대학 대신 회사로 향했다. 같은 또래였지만 우리가 마주한 현실은 달랐다. 고등학교를 졸업한 뒤 곧바로 직장에 들어갔다. 특별한 꿈이 있어서라기보다 일을 하지 않으면 당장의 생활을 감당할 수 없었기 때문이다. 출근 시간과 퇴근 시간이 하루의 기준이 되었고 월급날이 한 달의 기준이 되었다.

회사에 들어가 처음 받은 월급봉투를 펼쳐 보던 순간 잠시 마음이 놓였다. 그러나 그 돈이 한 달을 버티기에 빠듯하다는 것도 금세 알게 되었다. 월세와 식비, 교통비를 빼고 나면 남는 것이 많지 않았다. 누군가는 미래를 계획했고, 나는 다음 달을 걱정했다.

회사에서의 일은 단순했고 반복적이었다. 누구나 대신할 수 있는 자리라는 사실을 자주 느꼈다. 그럴수록 배움에 대한 마음은 더 커졌지만 현실은 늘 그 반대 방향으로 흘러갔다. 학원비와 교재비 시간을 계산해 보면 결론은 언제나 같았다. 지금은 어렵다는 것이었다.

배움을 미뤄두는 일은 단순한 포기가 아니었다. 언젠가는 다시 시작할 수 있을 것이라는 막연한 약속을 스스로에게 계속 미루는 일이었다. 지금은 때가 아니라고 조금만 더 버티면 여유가 생길 것이라고 말하며 시간을 흘려보냈다. 하지만 그런 여유는 쉽게 오지 않았다.

주변에는 대학을 졸업한 동료들이 많았고, 나는 그 대열에 속하지 못한 사람이었다. 같은 일을 하고 있는데도 그들 앞에는 다른 선택지가 열려 있었다. 나는 그 차이를 부러워하면서도 애써 외면했다. 비교를 시작하면 스스로가 더 초라해질 것 같았기 때문이다.

그 시절의 나는 세상의 질서를 읽어낼 만큼 준비되어 있지 않았다. 다만 누군가는 여러 선택지 속에서 길을 고르고 있었고, 또 누군가는 선택할 여유조차 없이 주어진 길을 따라야 한다는 생각이 마음에 남아 있었다. 그러나 그 질문을 말로 표현하지 못한 채 생활의 무게 아래에 눌려있었다. 하루를 넘기고 또 한 달을 채우는 일이 먼저였다. 그렇게 생활이 앞섰고 질문은 답을 찾지 못한 채 마음 한편으로 물러나 있었다.

지금 돌아보면 배움을 미뤄두었던 시간은 단순히 공부를 하지 못한 시기가 아니었다. 먹고사는 문제 앞에서 개인이 어떤 선택을 강요받게 되는지 몸으로 배운 시간이었다. 이후 사회와 제도를 바라보며 던지게 된 질문들은 이미 그때부터 조용히 시작되고 있었는지도 모른다.

5 ——

보이지 않는 벽을 마주하다

회사에 들어가고 나서부터 학력은 늘 함께 따라다녔다. 명함에 적히지 않아도 회의 자리와 업무 배분, 인사 평가의 흐름 속에서 자연스럽게 드러났다. 같은 일을 해도 맡는 역할이 달랐고 같은 실수를 해도 받아들이는 온도는 달랐다. 누군가는 경험을 더 쌓아보라고 했고 누군가는 잠재력이 있다고 평가받았다. 그 차이를 공식적으로 설명해 주는 사람은 없었다.

업무 능력만으로 평가받고 싶었다. 결과를 내면 인정받을 수 있을 것이라고 믿었다. 그러나 일정한 선을 넘는 순간 더 이상 개인의 노력만으로는 바뀌지 않는 경계가 있다는 사실을 알게 되었다. 그 경계는 명확한 규정이 아니라 관행에 가까웠다.

점심시간 식탁에서 오가는 대화는 종종 내가 경험하지 못한 이야기들로 채워졌다. 대학 시절의 동아리 활동이나 전공 서적에 대한 말들이 자연스럽게 이어질 때면 나는 그저 고개를 끄덕이며 식사를 이어갔다. 특별히 불편해야 할 말은 아니었지만 그 속에서 내가 잠시 비켜 서 있는 듯한 느낌이 들었다. 나는 그들의 언어 사이에서 길을 잃은 채 조용한 웃음으로 자리를 채우는 법을 조금씩 익혀갔다.

그렇게 설명되지 않는 차이는 일상의 공기처럼 스며 있었다. 누구도 노골적으로 선을 긋지 않았지만 보이지 않는 경계는 분명히 존재했다. 나는 그 벽을 단숨에 넘지 못했지만 적어도 그 벽이 있다는 사실만큼은 분명히 알게 되었다.

차별은 직접적으로 표현되지는 않았지만 정중한 배제의 형태를 띠고 나타났다. 중요한 기획안 검토가 있을 때면 선배들은 실무자인 나보다 대졸 동기들을 먼저 찾았다. "이 친구는 전공자니까 시각이 좀 넓을 거야"라는 무심한 한마디는 내가 밤을 새워 익힌 실무 지식보다 그들이 가진 학력의 이름이 더 큰 힘을 발휘한다는 사실을 조용히 일깨워주었다. "내용은 성실한데 논리적인 베이스가 아쉽다"며 동료에게 재검토를 맡기던 순간들, 그 모호한 경계의 말들이 내 자존감을 조금씩 무너뜨렸다.

시간이 흐를수록 갈등은 겉으로 드러나지 않았지만 속에서 점점 더 선명한 물음으로 굳어갔다. 여기서 버티면 언젠가 인정받겠지라는 막연한 희망보다 나라는 존재 자체가 온전히 평가받을 무대가 있기는 한 걸까라는 의문이 더 커졌다. 성실함은 나의 가장 큰 무기였지만 조직은 그 성실함을 가져가는 대신 내가 성장할 자리는 내어주지 않는 듯 보였다.

학력이라는 차이는 굳이 말로 꺼내지 않아도 조직 안에서 조용히 작동하고 있었다. 나는 그 분위기 속에서 괜히 예민해 보이지 않으려고 애썼다. 같은 나이, 비슷한 경력인데도 다음 단계로 넘어가는 속도는 달랐다. 그 차이를 직접적으로 말하는 사람은 없었지만, 조직 안에는 이미 공유된 인식이 있었다. 고졸이라는 이름은 때로는 질문조차 허락하지 않았다. 왜 그런지 묻기보다 내가 부족해서 그렇다고 받아들이는 쪽이 더 편했다. 그렇게 스스로를 낮추는 일이 반복되다 보니 불만은 밖으로 나오지 못한 채 조용히 가라앉아 체념에 가까운 감정으로 남았다.

어느 순간부터 이대로는 안 되겠다는 생각이 들었다. 문제는 한 직장의 문제가 아니라 선택지를 좁게 만드는 구조라는 판단이 들었다. 지금의 자리에서 아무리 애써도 넘기 어려운 벽이 있다면 그 벽을 다른 방향에서 돌아가야 한다고 느꼈다. 그때 처음으로 다시 공부를 해야겠다는 생각이 구체적으로 떠올랐다.

고졸이라는 이름으로 마주한 벽은 나를 멈추게 하지 않았다. 오히려 다른 길을 고민하게 만들었다. 그 벽을 부수지는 못했지만, 그 앞에 서서 방향을 바꾸는 법을 배웠다. 이후의 선택들은 모두 그 결심에서 시작되었다.

6 ———

회사를 떠나기로 결심했던 이유

회사를 그만두겠다고 마음먹기까지는 오랜 시간이 걸렸다. 어느 날 갑자기 내린 결정이 아니라 쌓여 있던 생각들이 한 방향으로 정리된 결과였다. 출근길이 점점 무거워졌고 하루를 마치고 돌아오는 길에는 설명하기 어려운 피로가 남았다. 일이 힘들어서라기보다 더 이상 나아갈 방향이 보이지 않는다는 느낌이 더 컸다.

업무 자체에는 익숙해져 있었다. 맡은 일은 무리 없이 처리했고 큰 문제를 일으킨 적도 없었다. 그러나 다음 단계가 보이지 않았다. 자리를 지키는 일과 성장하는 일 사이에서 나는 점점 전자에 가까워지고 있었다. 버티는 것과 머무는 것이 비슷해질수록 마음은 점점 더 불편해졌다.

결정을 앞두고 가장 많이 떠올린 것은 생활이었다. 월급이 끊긴다는 것은 곧 삶이 흔들린다는 뜻이었다. 방세와 식비, 당장의 지출들이 머릿속에서 하나씩 계산되었다. 다시 시작한다는 말은 쉬웠지만, 그 시작을 어떻게 버틸 것인지는 막막했다. 그래서 결심은 늘 다음으로 미뤄졌다.

주변에 조언을 구하기도 했다. 안정적인 직장을 왜 떠나느냐는 말이 많았다. 조금만 더 참아보라는 이야기도 들었다. 그 말들이 틀렸다고 생각하지는 않았다. 다만 그 조언들은 모두 현재의 자리를 기준으로 한 것이었다. 내가 느끼는 답답함과 막막함은 그 기준 안에서는 설명되지 않았다.

어느 날 퇴근길에 문득 이런 생각이 들었다. 이 회사를 계속 다닌다고 해서 지금의 답답함이 사라질까. 시간이 지나면 자연스럽게 해결될 문제일까. 스스로에게 그렇게 묻고 나니 답은 의외로 분명했다. 남아 있는 것이 더 안전하다고 느껴졌지만 그 안전함이 오히려 나를 더 좁은 곳으로 밀어 넣고 있다는 생각이 들었다.

회사를 떠나기로 한 결정은 용기라기보다 선택에 가까웠다. 지금의 불확실함과 앞으로 계속될 답답함 중 하나를 고르는 일이었다. 나는 불확실함을 택했다. 적어도 그쪽에는 방향을 바꿀 수 있는 여지가 남아 있다고 느꼈기 때문이다.

사표를 내던 날의 감정은 담담했다. 후련함도 극적인 해방감도 없었다. 다만 되돌릴 수 없는 선을 하나 넘었다는 사실만은 분명했다. 그날 이후로 삶의 리듬은 달라졌고 책임의 방식도 달라졌다. 그리고 그 변화는 이후의 선택들을 가능하게 하는 출발점이 되었다.

7

다시 공부를 시작하게 만든 밤들

회사를 나온 뒤 하루의 구조가 완전히 달라졌다. 출근 시간에 맞춰 일어나지 않아도 되었지만 대신 하루를 어떻게 써야 할지 스스로 정해야 했다. 낮에는 아르바이트를 하거나 임시로 맡은 일들을 했고 공부는 늘 밤으로 밀려났다. 책상 앞에 앉는 시간은 하루의 끝에 가까웠다.

공부를 다시 시작하겠다고 마음먹었을 때 가장 먼저 느낀 것은 설렘보다 부담이었다. 책을 펼치는 일이 반갑기보다 낯설었다. 오래 손을 놓고 있었던 탓에 집중은 쉽게 흐트러졌고 몇 쪽을 넘기지 못한 채 시계를 바라보는 날도 많았다. 예전 같지 않다는 생각이 자주 들었다. 이 길이 과연 어디까지 이어질지 끝은 있는지 가늠할 수 없다는 막막함도 함께 따라왔다.

책상 위에는 참고서와 문제집이 쌓여갔지만 진도는 좀처럼 나가지 못했다. 낮에 쌓인 피로가 밤이 되면 그대로 밀려왔다. 눈은 글자를 따라가지만 내용은 머릿속에 남지 않는 날도 있었다. 그럴 때면 괜히 책상을 정리하거나 필요 없는 메모를 다시 적으며 마음을 추스르곤 했다. 이 공부가 언제 끝이 날까 하는 생각이 마음을 무겁게 하던 밤도 적지 않았다.

가끔은 이 선택이 옳았는지 스스로에게 묻게 되었다. 회사를 계속 다녔다면 적어도 생활은 안정적이었을 것이다. 지금의 불안은 모두 내가 자초한 것이라는 생각도 들었다. 그러나 다시 회사로 돌아가는 모습을 떠올리면 그 불안보다 더 큰 답답함이 먼저 떠올랐다. 안정은 있었지만 방향은 없던 시간, 버티는 것 외에는 달라질 것이 없던 지난 시간들이 떠올랐다. 불안은 두려웠지만 적어도 이 불안에는 달라질 수 있다는 여지가 남아 있었다.

공부는 단기간에 성과를 보여주지 않았다. 며칠 열심히 한다고 해서 바로 결과가 나타나는 일도 아니었다. 그 대신 매일 조금씩 같은 자리에 앉는 일이 반복되었다. 그 반복은 지루했고, 때로는 무의미해 보였다. 하지만 그 시간만큼은 내가 스스로 선택한 시간이라는 점에서 이전과 달랐다. 회사에서의 시간은 주어지는 하루였다면 이 밤들은 내 의지로 이어간 하루였다. 그 사실 하나만으로도 마음 한쪽이 묘하게 밝아졌다.

밤늦게까지 책상 앞에 앉아있다가 문득 창밖을 바라보는 순간들이 있었다. 불이 꺼진 집들과 간간이 켜진 창문을 보며 나와 비슷한 시간을 보내는 사람들이 있을 것이라고 생각했다. 그 생각이 이상하게도 작은 위안이 되었다. 혼자라는 느낌은 여전했지만 완전히 고립된 것은 아니라는 느낌이 들었다.

밤마다 책상으로 돌아오는 일은 작고 조용한 약속 같았다. 눈에 띄는 성과는 없었지만 그 밤들은 더 이상 멈춰 서 있지 않겠다는 다짐을 하루하루 확인하는 과정이었다. 이후의 변화는 그 다짐이 쌓인 결과였다. 끝이 보이지 않는 공부였지만 분명 어제와 다른 방향으로 나아가고 있었다. 그 사실이 나에게는 무엇보다 큰 위안이었다.

8

하루의 시작처럼 다가온 합격 소식

하루의 일정은 여전히 불규칙했다. 공부는 이미 끝났지만 그렇다고 마음이 놓이지는 않았다. 혹시 놓친 문제는 없었는지 실수 하나가 전체를 흔들지는 않았는지 같은 생각이 반복됐다. 결과를 바꿀 수 없다는 걸 알면서도 생각은 쉽게 멈추지 않았다.

합격자 발표일, 나는 대학으로 향했다. 학교 정문을 지나 게시판이 있는 쪽으로 걸어가는데 심장은 조용히 뛰고 발걸음은 무거웠다. 어떤 쪽에서는 가족들이 서로 끌어안으며 환호성을 지르고 있었고, 또 다른 쪽에서는 망연자실한 표정으로 한참을 서 있는 이들도 있었다. 그 짧은 공간 안에는 환희와 침묵이 동시에 겹쳐져 있었다.

게시판 앞에는 이미 사람들이 빽빽하게 서 있었다. 나는 틈을 비집고 들어가 수험번호와 이름을 찾기 시작했다. 주변에는 가족들과 함께 온 사람들이 많았다. 누군가는 손을 꼭 잡고 있었고 누군가는 어깨를 두드리며 기다리고 있었다. 나는 여전히 혼자였다. 누구의 손도 잡지 못한 채 조용히 내 이름을 찾고 있었다.

그러다 문득 시선이 멈추는 지점이 있었다. 익숙한 세 글자가 거기 있었다. 한동안 그대로 서 있었다. 기쁨이 밀려오기보다 오히려 현실을 받아들이는 데 시간이 조금 더 필요했던 순간이었다. 합격은 그렇게 소리 없이 확인되었다. 누군가에게는 환호였겠지만 나에게는 조용한 안도였다. 안도의 여운이 채 가시기도 전에 등록금과 끝까지 감당해야 할 학업이라는 현실이 서서히 실감 나기 시작했다.

사실 그 무렵 내 마음속의 방향은, 어떤 일이 있더라도 대학이라는 길만은 끝내 열어두고 싶었다. 그러나 배움은 의지만으로 이어지지 않았다. 생활비와 학비를 스스로 감당해야 하는 현실이 늘 앞에 놓여있었다. 그래서 나는 출퇴근 시간이 비교적 분명한 공무원이라는 직업이 공부를 포기하지 않기 위한 가장 현실적인 선택지라고 생각했다. 지금 돌아보면 그 시기의 준비는 목표를 향해 정교하게 설계된 과정이라기보다 현실에 떠밀리듯 두 가지를 함께 감당해야 했던 시간에 가까웠다.

공무원 시험과 대학 입시를 동시에 준비한 것도 물러설 수 없는 상황에서 가능한 선택을 모두 붙잡고 있었던 셈이었다. 공무원 시험 과목과 대학 시험 준비 내용이 상당 부분 겹쳤던 덕분에 한 번의 공부가 두 방향으로 이어질 수 있었다. 그 또한 그만큼 절박했기 때문이었다.

대학 합격 소식이 먼저였다. 그 소식이 나의 첫 출발선이었다. 공무원 시험 합격은 그보다 한참 뒤 짧은 통지처럼 따라왔다. 합격은 끝이 아니라 시작이라는 말을 그제야 이해하게 되었다. 시험에 붙었다는 사실보다 다시 선택지를 갖게 되었다는 점이 더 크게 다가왔다. 앞으로의 삶이 어떻게 펼쳐질지는 알 수 없었지만, 적어도 나는 다시 출발할 수 있는 자리에 서 있었다. 지금의 나는 그 두 결과가 동시에 주어졌다는 사실보다 늦은 출발에도 불구하고 길이 완전히 닫히지는 않았다는 점을 더 중요하게 기억한다.

시간이 흘러 대학을 졸업하고 나서야 또 다른 생각이 들었다. 공무원이라는 직업은 처음에는 대학을 다니기 위한 현실적인 선택이었다. 그러나 시간이 지날수록 그 자리는 오히려 더 큰 책임을 배우고 오래 머물게 된 직업이 되었다. 내 삶에 더 오래 영향을 미친 선택은 대학 진학보다 공직에 들어간 일이었다.

9

공직이라는 제도 안으로 들어오다

공직에 들어왔을 때 나는 그 세계가 특별히 낯설거나 거창하게 느껴지지는 않았다. 시험을 통과해 정해진 절차를 밟았을 뿐이었고 새로운 직장은 이전의 일터와 크게 다르지 않아 보였다. 다만 일을 대하는 기준과 책임의 방식이 조금 더 분명하다는 인상은 있었다. 개인의 판단보다 제도와 규정이 앞서는 자리라는 점에서 적어도 예측 가능한 구조 안에 들어왔다는 안도감이 있었다.

처음 맡은 업무는 그저 기본적인 행정 실무였다. 서류를 검토하고 민원을 정리하고 정해진 절차에 따라 일을 처리하는 것이 대부분이었다. 눈에 띄는 성과를 내기보다는 실수를 하지 않는 것이 더 중요해 보였다. 무엇을 하면 안 되는지가 먼저 배워야 할 목록이었다. 그 목록을 익히는 데에도 시간이 필요했다.

조직에는 다양한 사람들이 있었다. 오래 근무한 선배들은 제도의 장단점을 몸으로 알고 있었고 새로 들어온 동기들은 각자의 기대를 품고 있었다. 나는 그 사이에서 조심스럽게 자리를 잡아갔다. 이전 직장과 달리 이곳에서는 개인의 속도가 전체의 흐름에 영향을 미칠 수 있다는 점이 늘 의식되었다.

공직이라는 제도는 개인에게 일정한 보호를 제공하는 대신 그만큼의 제약을 요구했다. 하고 싶은 말을 마음대로 할 수는 없었고 판단을 서두르는 것도 경계해야 했다. 모든 결정에는 기록이 남았고 그 기록은 시간이 지나 다시 꺼내질 수 있었다. 그 사실을 알게 되면서 말과 행동은 자연스럽게 더욱 신중해졌다.

일하다 보니 공직이 단순히 안정적인 직업만은 아니라는 생각이 들었다. 제도는 중립을 요구했지만 그 제도를 운영하는 것은 결국 사람이었다. 개인의 판단이 완전히 배제될 수는 없었고 그 판단이 시민의 삶에 영향을 미치는 순간들도 적지 않았다. 그때마다 책임이라는 말이 추상적으로 느껴지지 않았다.

공직에 들어온 것은 삶의 방향을 다시 정리하는 계기였다. 이전에는 선택의 폭이 좁아 보였다면 이제는 선택의 결과가 더 무겁게 다가왔다. 그 무게를 감당하는 일이 공직의 본질이라는 생각이 들었다. 안정은 주어졌지만 그 안정 위에서 어떻게 일할지는 온전히 개인의 몫이었다.

공직이라는 제도 안으로 들어오며 나는 한 가지를 분명히 알게 되었다. 이 자리는 나를 대신해 판단해 주지 않는다는 사실이다. 규정과 절차는 기준을 제시할 뿐 마지막 선택은 결국 사람의 몫으로 남았다. 그 깨달음은 이후의 시간 동안 나를 계속해서 질문하게 만드는 출발점이 되었다.

10 ——

첫 발령지에서 배운 행정의 현실

공직에 들어오며 나는 규정과 절차부터 익혀야 한다고 생각했다. 법령을 숙지하고 매뉴얼을 외우고 문서 작성 방식을 배우는 일이 우선일 것이라고 믿었다. 그러나 첫 발령지에서 내가 가장 먼저 배운 것은 규정도 제도도 아니었다. 그것은 하루에도 수십 번씩 울려대는 전화벨과 그 너머에서 쏟아지는 분노였다.

첫 발령지는 동대문구청 지역교통과 민원실이었다. 출근 첫날 사무실 문을 열자마자 전화벨 소리가 한꺼번에 터져 나왔다. 한두 대가 아니었다. 사무실 전체가 진동하는 것처럼 느껴질 정도였다. 잠시 멈칫한 뒤 나는 거의 반사적으로 수화기를 들었다. 수화기 너머에서는 인사도 설명도 없었다. 다짜고짜 쏟아지는 고성과 거친 언어였다. 택시를 탔는데 길이 막혀 약속 시간에 늦었고 그로 인해 큰 손해를 봤으니 보상을 받아야 한다는 이야기였다. 그 주장에 동의하기는 어려웠지만, 그녀는 내 말이 끼어들 틈을 주지 않았다. 중년 여성의 목소리는 쉼 없이 이어졌고 나는 그저 "네, 네"라는 대답만 반복했다.

통화를 겨우 마치고 잠시 뒤 사무실 입구에서 구두 소리가 들렸다. '또각, 또각.' 소리는 점점 가까워졌고 나는 본능적으로 시선을 피했다. 설마 했는데 방금 전 전화 속 목소리의 주인공이 바로 내 앞에 멈춰 섰다. 나는 당황한 나머지 울리지도 않은 수화기를 들었다. 아무 소리도 들리지 않는 수화기를 손에 쥔 채 그 순간을 어떻게든 피하려 했다.

"아까 전화 받은 사람이 당신이죠?"

나는 얼떨결에 고개를 끄덕였다. 그녀의 눈빛은 단단했고 물러설 기색이 없었다. 그녀는 전화기 너머에서보다 더 또렷한 목소리로 말을 이어갔다. 외국에서는 교통 행정이 어떻게 운영되는지 시민의 시간 가치를 행정이 어떻게 보상해야 하는지까지 들먹이며 따져 물었다. 나는 그 말을 이해할 준비도 반박할 지식도 없었다. 잠시 침묵이 흐른 뒤 나도 모르게 한마디가 튀어나왔다.

"죄송합니다.

무엇이 왜 죄송한지도 정확히 알지 못한 채 나온 말이었다. 그 순간 문득 이런 생각이 들었다.

'아! 내가 첫 발령지를 잘못 받은 건 아닐까.'

그날 하루 종일 전화벨은 멈추지 않았다. 민원은 예상보다 거칠었고 감정은 언제나 규정보다 앞서 나왔다. 집으로 돌아가는 길, 나는 처음으로 공직이라는 자리가 무엇을 감당해야 하는 자리인지 생각했다. 이곳에서는 규정을 아는 것보다 먼저 누군가의 분노를 온몸으로 받아내는 일이 필요했다.

섬에서 들었던 평화로운 뱃고동 소리가 하루의 시작과 끝을 알리는 신호였다면 도시의 민원실에서 울리는 전화벨은 내가 감당해야 할 책임의 무게를 알리는 경보음이었다. 섬 소년이 상상했던 공직의 품위는 없었다. 그곳에는 오직 누군가의 삶에서 터져 나온 분노를 묵묵히 받아내야 하는 가장 낮은 자리의 현실만이 있을 뿐이었다.

돌이켜보면 그날의 죄송합니다는 무능의 고백이라기보다 낯선 세계 앞에 선 초심자의 반응에 가까웠다. 그 말 이후로 나는 조금씩 배워갔다. 언제 사과해야 하는지, 언제 설명해야 하는지, 그리고 언제 말을 아껴야 하는지를 공직 생활은 그렇게 시작되었다. 천둥처럼 울리던 전화벨 소리와 함께.

공직사회에서 마주한 책임의 무게

첫 발령지에서 수화기 너머로 쏟아지는 분노를 받아내며 내가 배운 것은 행정이란 결국 사람의 감정과 삶이 뒤엉킨 거대한 현장이라는 사실이다. 법령과 매뉴얼이 가르쳐주지 않는 그 뜨겁고도 서늘한 체온을 확인하며 나는 공직자라는 자리가 단순히 서류를 처리하는 곳이 아니라 타인의 고통과 억울함을 온몸으로 감수하는 자리임을 깨달았다.

하지만 그 낮은 곳의 자리를 지키는 일은 단순히 "죄송합니다"라는 사과 한마디로 끝나지 않았다. 누군가의 분노를 묵묵히 받아내는 단계를 넘어 이제는 그들의 삶에 영향을 미칠 실질적인 판단을 내려야 하는 순간이 찾아오기 때문이다. 그리고 그 판단의 끝에는 언제나 피할 수 없는 질문 하나가 그림자처럼 따라붙었다.

'개인의 양심과 조직의 관행 사이에서, 혹은 규정의 문언과 시민의 형편 사이에서 어디까지 감당할 것인가.'

바로 공직사회라는 거대한 바다 위에서 우리가 평생 짊어지고 가야 할 책임이라는 이름의 무게다.

공직에서 가장 자주 들은 단어 가운데 하나는 책임이었다. 회의 자리에서도 문서의 문장 속에서도 선배들의 조언 속에서도 그 말은 빠지지 않았다. 처음에는 그 책임이 규정을 지키는 일이라고 생각했다. 절차를 따르고 기록을 남기고 문제를 만들지 않는 것이 곧 책임이라고 여겼다.

그러나 일을 계속하다 보니 책임은 그렇게 단순하지 않았다. 규정을 지켰다고 해서 모든 문제가 해결되는 것은 아니었다. 같은 규정을 적용해도 결과는 달랐고, 누군가의 일상과 인생에 영향을 미쳤다. 서류 한 장, 판단 하나가 시민의 하루를 바꾸는 일이 실제로 존재했다. 그때부터 책임이라는 말은 점점 구체적인 얼굴을 갖기 시작했다.

민원을 처리할 때마다 고민은 반복되었다. 규정대로 처리하면 형식상 문제는 없지만 당사자의 상황을 생각하면 마음이 편치 않았다. 반대로 사정을 고려해 판단하면 왜 원칙을 어겼느냐는 질문이 돌아올 수 있었다. 어느 쪽을 선택하든 설명이 필요했고 그 설명은 기록으로 남았다. 책임은 판단의 순간보다 그 판단을 설명해야 하는 과정에서 더 또렷해졌다.

그 과정에서 나는 다산 정약용의 『목민심서』 한 구절을 자주 떠올리게 되었다. 관리는 업무를 처리함에 있어 법과 원칙을 지켜야 하지만 그 적용에는 융통성이 필요하며 그 융통성은 관리를 위한 융통성이 아니라 백성을 위한 것이어야 한다는 말이었다. 그 문장은 규정을 지키는 일과 책임을 지는 일이 반드시 같은 의미는 아니라는 사실을 조용히 일깨워주었다.

돌이켜보면 책임은 하지 말아야 할 일을 피하는 문제가 아니라 해야 할 일을 감수하는 선택에 더 가까웠다. 결정을 미룰수록 문제는 커졌고 판단을 내린 뒤에는 되돌릴 수 없다는 사실도 분명해졌다. 그 과정에서 책임은 부담이 아니라 무게로 다가왔다. 문제는 개인의 선택만이 아니었다.

공직사회에는 오랫동안 묵인되어 온 왜곡된 관행이 존재했다. 일을 하지 않으면 감사 대상이 될 일도 없고 그만큼 책임에서도 멀어진다. 반대로 일을 많이 하는 공무원일수록 감사와 점검의 대상이 될 가능성은 높아지고 그 과정에서 크고 작은 지적을 감수해야 한다. 이러한 지적이 개선을 위한 피드백이 아니라 인사상 불이익으로 이어지는 경우도 적지 않았다. 열심히 일한 결과가 승진 배제라는 형태로 되돌아온다면 그 조직은 이미 노력과 성과를 보상하지 않는 구조를 정상으로 받아들이고 있는 셈이다.

이런 환경에서 복지부동이라는 말이 직원들 사이에서 자연스럽게 통용되는 현실은 개인의 태도 문제로만 설명할 수 없다. 적극적으로 움직이는 사람이 위험을 감수해야 하고 가만히 있는 사람이 상대적으로 안전한 조직에서는 책임 있는 판단보다 무난한 침묵이 오히려 합리적인 선택이 된다. 공직이 문제 해결의 공간이 아니라 위험을 회피하는 기술을 학습하는 공간으로 변해가는 순간이다.

선배들은 흔히 일을 하면 책임이 크게 돌아온다고 조언했다. 그 말 속에는 경험에서 비롯된 체념이 담겨 있었다. 책임이 합리적인 보호와 평가로 이어지지 않고 개인에게만 전가되는 구조 속에서 책임감은 미덕이 아니라 부담이 된다. 그 결과 조직은 책임 있는 사람보다 눈에 띄지 않는 사람을 양산하게 된다.

그 광경을 지켜보며 나는 책임이 말로만 남을 때 조직이 얼마나 쉽게 무력해지는지를 실감했다. 결국 질문은 나 자신에게로 돌아왔다. 나는 어디까지 책임질 수 있는가. 규정 뒤에 숨지 않고 내 판단으로 설명할 수 있는 선택은 무엇인가. 모든 상황에서 정답을 찾을 수는 없었지만 적어도 회피하지는 말아야겠다고 생각했다.

공직에서 배운 책임은 칭찬이나 보상과는 거리가 멀었다. 오히려 문제가 생겼을 때 가장 먼저 떠올려지는 이름이 되는 일이었다. 그 사실을 받아들이는 데에는 시간이 필요했다. 그러나 그 무게를 감당하는 것이 이 자리의 본질이라는 생각은 점점 분명해졌다. 이제는 알게 되었다. 책임이란 추상적인 구호가 아니라 법과 원칙을 지키되 그것을 시민을 향해 어떻게 적용할 것인지를 스스로에게 묻고, 그 선택을 끝까지 설명하는 일이라는 것을.

12 ——

절박했던 가장의 현실

책임이란 결국 정답이 없는 안개 속에서 내 판단의 근거를 증명해 나가는 고독한 과정이었다. 하지만 그 무게를 기꺼이 감내하겠다는 다짐조차 무색하게 만드는 것은 때로 거창한 신념이 아니라 지독하리만큼 현실적인 생존의 문제였다.

조직이 요구하는 엄격한 공직자의 잣대와 한 가정을 책임져야 하는 외벌이 가장의 절박함이 충돌할 때 책임은 비로소 날카로운 칼날이 되어 돌아왔다. 단돈 8천 원을 아끼려던 소박한 욕심이 내 공직 인생을 송두리째 흔들어 놓았던 그 시절의 기록은 내가 배운 그어떤 법령보다도 혹독하고 선명한 책임의 얼굴이었다.

초임 시절의 나는 공직자라는 이름표를 달고 있었지만, 그 이면에는 가난한 외벌이 가장이라는 더 절박한 정체성이 있었다. 어린 자녀를 키워내야 했던 삶은 늘 팽팽하게 당겨진 활시위 같았다. 당시 공무원 월급은 최저임금 수준이었고 들어오기가 무섭게 빠져나갔다. 매달 돌아오는 생활비와 교육비, 약값 같은 필수 지출은 버틸 수 있는 선을 넘어 무겁게 나를 눌렀다.

부족한 살림을 조금이라도 메우기 위해 나는 주말마다 넥타이 대신 운동화를 신고 집을 나섰다. 각종 자격증 시험이나 공무원 시험의 감독관 아르바이트 현장을 전전하며 하루 몇만 원의 수당을 보태는 것이 당시 나의 유일한 비상구였다.

그 무렵 나는 요양보호사 자격증 취득을 할까 하는 생각을 가지고 있었다. 거동이 불편하신 아버지를 직접 수발하면서도 자격증을 보유하고 있으면 가족 요양보호 수당을 받을 수 있다는 실질적인 혜택 때문이었다. 그러나 한 푼이 아쉬운 처지에 수만 원 하는 새 교재를 선뜻 사는 일조차 쉽게 결정하지 못했다. 그만큼 나는 모든 지출을 지나치다 싶을 만큼 줄이고 있었다.

어느 주말 감독관으로 들어간 시험장에서 내 눈에 들어온 것은 한 50대 남성 수험생의 책상 위에 놓인 두툼한 수험서였다. 쉬는 시간, 나는 고심 끝에 체면을 무릅쓰고 그에게 다가가 용기내어 말했다.

"혹시 합격하시면 그 교재는 더 이상 필요 없으실 텐데 괜찮으시다면 제가 물려받을 수 있을까요? 저도 공부를 해야 하는데 교재가 필요해서요."

나의 부탁에 수험생은 흔쾌히 고개를 끄덕이며 웃어 보였다. 나는 너무나 고마운 마음에 합격자 발표 날 연락을 드리겠다며 그가 지켜보는 앞에서 명단에 적힌 연락처를 조심스럽게 적어두었다. 그때까지만 해도 그것이 엄청난 폭풍으로 내 인생의 가장 혹독한 대가가 되어 돌아올 줄은 꿈에도 몰랐다.

그 시험은 연세가 아주 많지 않은 분들은 무난히 합격하는 시험으로 알고 있었기에 나는 그의 합격을 의심하지 않았다. 발표 날 당일, 반가운 마음으로 수화기를 들었다. 축하 인사를 건네며 교재를 부탁하려던 찰나 수화기 너머에서 돌아온 것은 예상치 못한 거친 고함이었다.

그는 불합격의 충격과 분노에 휩싸여 있었다. 나의 전화는 그의 상처에 소금을 뿌린 격이 되었고 화살은 순식간에 나를 향했다.

"당신이 뭔데 내 합격 여부까지 확인하며 전화를 해? 내 허락도 없이 개인정보를 마음대로 적어간 거야?"

그의 서슬 퍼런 외침 앞에서 나는 잠시 말을 잃었다. 분명 현장에서 구두로 허락을 구했고 그의 눈앞에서 연락처를 적었다는 사실을 여러 차례 설명했지만 그는 들으려 하지 않았다. 옴부즈만, 국민권익위원회, 감사원, 시청 조사과를 차례로 거론하며 목소리를 높였다. 민원의 흐름과 파장을 누구보다 잘 아는 사람이었다.

그리고 그는 곧장 시청 조사과에 나를 개인정보 탈취범으로 신고했다. 지금처럼 개인정보 보호 규정이 촘촘하던 시절은 아니었지만 공무원이 수험생의 정보를 사적으로 이용했다는 문장은 충분히 자극적이었다. 그 한 줄의 표현만으로도 나는 순식간에 파렴치한이 되어 있었다.

그 후 한동안 나는 깊은 후회와 억울함의 늪에서 허우적거렸다. 내가 무슨 큰 죄를 지었다고 이렇게까지 몰아세우나 하는 답답함이 밤마다 가슴을 눌렀다. 단돈 8천 원이었다. 그 책 한 권 값을 아껴보려던 마음이 그렇게 가혹한 대가를 치를 일이었을까. 그 수험생의 변덕스러운 태도에 배신감을 느꼈고, 앞뒤 상황을 살피기보다 민원 해결에만 급급해 나를 죄인 취급하는 조직의 차가움에 진저리가 났다. 승진 누락과 성과포상금 제외라는 현실적인 손해는 억울함을 넘어 분노로 변하기도 했다. 차라리 주말에 쉬었더라면, 차라리 새 책을 샀더라면 하는 뒤늦은 후회가 가슴을 난도질했다.

하지만 차가운 침묵 속에서 나를 되돌아본 시간은 결국 다른 결론에 도달했다. 억울함의 껍질을 한 꺼풀 벗겨내자 그 안에는 나의 분명한 잘못과 안일함이 자리 잡고 있었다. 아무리 형편이 어려웠다 해도 나는 시험장의 질서를 유지해야 할 감독관이라는 공적 지위에 있었다. 그런 자가 수험생에게 사적인 부탁을 하고 개인정보를 적어간 행위 자체가 이미 공과 사의 경계를 허문 일이었다. 허락을 받았다는 말은 내 편의를 위한 자기합리화였을 뿐, 허락이라는 형식에 기대어 그 선택의 파장을 깊이 생각하지 못했다.

결국 나는 불필요한 민원을 야기하여 공직의 품위를 훼손했다는 조사과의 지적을 아프게 받아들였다. 징계 중에는 가장 경미한 처분이라며 동료들은 위로했지만, 인사 기록에 남은 그 짧은 주의 한 줄은 나의 자존심에 새겨진 지워지지 않는 낙인이었다. 중고 교재비 8천 원을 아끼려다 치른 값비싼 대가는 단순히 금전적 손실이 아니라 공직자로서 지켜야 할 신뢰의 무게를 가벼이 여긴 것에 대한 엄중한 징벌이었다.

나의 가난이, 나의 절박함이 공직자로서 지켜야 할 최소한의 경계선을 넘어도 된다는 면죄부가 될 수는 없었다. 타인의 정보를 다루는 일이 얼마나 엄중한 신뢰의 영역인지 그리고 사소한 안일함이 얼마나 큰 책임으로 돌아오는지를 엄청난 수업료를 내고서야 온몸으로 배웠다.

그 일 이후 나는 개인정보라는 말 앞에서 누구보다 예민하고 엄격한 사람이 되었다. 서류 한 장, 전화번호 하나를 다룰 때마다 8천 원짜리 중고 교재와 맞바꿨던 그날의 쓰라린 기억을 떠올렸다. 책임이란 거창한 구호 속에 있는 것이 아니라 나의 작은 욕심이 타인의 권리를 침해하지 않는지 살피는 그 세심한 경계심 속에 있음을, 나는 무너진 자리 위에서 새로이 깨달았다.

13 ———

승진이라는 이름의 계절

동대문구청 민원실의 천둥 같은 전화벨 소리에 혼이 나가던 초임 시절, 나에게 공직이란 그저 눈앞에 닥친 분노를 견디고 매일의 무사 안녕을 기도하는 사투의 현장이었다. 단돈 8천 원짜리 중고 교재 한 권 값을 아끼려던 마음이 뜻밖의 오해로 번졌고, 그 일은 승진 누락과 성과포상금 제외라는 엄청난 불이익으로 돌아왔다. 그 사건은 공직에서 신뢰가 얼마나 예민한 경계 위에 놓여있는지 보여주었다.

그 뒤로 시간이 흘러 나는 비로소 사무실의 공기가 아주 정기적으로, 그리고 아주 지독하게 뒤바뀌는 주기가 있다는 사실을 깨달았다. 민원인의 고함이 외부에서 불어오는 돌풍이었다면, 조직 내부에서 소리 없이 차오르는 습한 안개 같은 것이 있었다. 바로 승진의 계절이었다. 이 이야기는 공직 생활의 중반을 지나며 가장 자주 되돌아보게 되는 장면들 가운데 하나다.

업무의 숙련도가 쌓이고 조직의 언어가 익숙해질 즈음 승진이라는 제도가 어떤 방식으로 작동하는지를 가까이에서 보게 되었기 때문이다. 이 계절은 개인의 노력만으로 설명되지 않는 평가의 양상을 드러냈고, 그 경험은 이후 내가 조직을 바라보는 기준을 바꾸어 놓았다.

승진 심사가 가까워지면 사무실의 공기는 눈에 띄게 달라진다. 직원들의 관심이 거의 한곳으로 빨려 들어간다. 누가 대상자인지 어느 부서의 누가 유리한지에 대한 이야기가 자연스럽게 오간다. 승진 소요 연수가 되어 다른 부서 직원과 경쟁 구도가 형성되면 그 긴장은 더 또렷해진다.

승진은 단순한 직급 변동이 아니다. 성과가 공식적으로 인정되는 순간이고, 조직 안에서의 위치가 달라지는 계기다. 보수가 바뀌고 발언의 무게도 달라진다. 같은 말을 해도 받아들여지는 온도가 달라진다. 그래서 그 계절이 오면 모두가 예민해진다. 말수가 줄어드는 사람도 있고 갑자기 바빠지는 사람도 있다. 누군가는 조용히 존재감을 키우고 누군가는 더 조심스러워진다. 조직 안에서 승진은 여전히 가장 현실적인 관심사다.

그 시기가 되면 성과라는 단어가 유난히 자주 오르내린다. 문제는 성과가 어떻게 만들어지고 누구의 이름으로 남느냐였다. 실제 사업을 기획하고 추진한 사람이 따로 있는데도 공문과 평가 자료에는 다른 이름이 중심에 놓이는 장면을 나는 여러 번 보았다.

승진 대상자가 이미 정해진 상태에서 우리 부서 직원을 밀어주기 위해 다른 직원의 성과를 그 사람의 것으로 묶는 관행도 있었다. 함께 회의에 참석했고 결재선에 이름이 있다는 이유로 형식상 성과를 공유한 것처럼 보였지만, 방향은 이미 정해져 있었다. 협조의 범위를 넓게 해석해 성과를 한 사람에게 집중시키는 방식이었다.

그러나 실질적인 기여의 무게는 분명히 달랐다. 현장을 뛰며 책임을 졌던 사람의 이름은 뒤로 밀리고 평가가 필요한 사람의 이름이 앞으로 나왔다. 그 과정은 조용했고 누구도 공식적으로 문제 삼지 않았다. 어차피 팀 성과 아니냐는 말이 덧붙여졌다. 실제 기여자는 그 사실을 알았지만, 따로 말하지 않았다. 말하는 순간 일의 공정성보다 조직의 분위기를 흔드는 사람이 될 가능성이 더 컸기 때문이다. 문제를 제기하지 않는 것이 조직을 어지럽히지 않는 길이라는 사실을 모두가 이미 알고 있었다.

그렇게 만들어진 성과는 평가표에 반영되었다. 반대로 묵묵히 일을 맡았던 사람은 이번에는 운이 없었다는 말로 정리된다. 능력이 부족해서도 책임을 회피해서도 아니었다. 다만 승진 경쟁의 대상이 아니었을 뿐이다. 그 사실은 조직 안에서 너무도 자연스럽게 받아들여졌다.

일을 덜 하고도 평가자와의 관계를 관리하는 데 능한 사람도 있었다. 그 차이는 문서에 드러나지 않았다. 대신 회식 자리와 비공식적인 만남, 그리고 눈에 띄지 않는 태도로 누적되었다. 나는 그 장면들을 보며 공직의 평가는 반드시 일의 무게와 비례하지는 않는다는 사실을 체감했다.

그 계절이 지나가면 사무실은 다시 평온해진다. 그러나 남는 것은 분명하다. 성과가 반드시 일의 결과로만 기록되지 않는다는 기억, 그리고 그 구조 속에서 책임은 여전히 현장을 맡은 사람에게 남는다는 현실이다. 승진은 개인의 능력을 입증하는 통로이기도 하지만 동시에 조직이 무엇을 중요하게 여기는지를 드러내는 거울이기도 했다.

나는 그 계절을 거치며 한 가지를 분명히 알게 되었다. 공직에서 불합리는 대개 큰 사건의 형태로 나타나지 않는다. 작은 조정과 관행이라는 이름으로 반복될 뿐이다. 그리고 그 반복 속에서 누군가는 늘 같은 자리에 남는다.

여름휴가, 바다와 산이 건넨 위로

승진의 계절이 남기고 간 공기는 늘 눅눅했다. 누군가의 기쁨이 누군가에게는 소리 없는 박탈감이 되는 조직의 생리를 목격하며 나는 비로소 공직이라는 거대한 시스템의 명암을 읽어내기 시작했다. 그 치열한 승진을 둘러싼 숨 가쁜 경쟁 속에서 내가 선택한 것은 역설적이게도 멈춤이었다.

그해 여름은 조용히 시작되었다. 공무원이 된 뒤 처음 맞는 여름휴가였다. 휴가라는 말이 계획이 아니라 제도 속에 명시된 시간으로 다가온 것도 그때가 처음이었다. 나는 그 시간을 어떻게 써야 할지 몰라 한동안 계획표만 들여다보았다. 멈추는 법을 배우는 일조차 아직은 서툴게 느껴지던 여름이었다.

아내와 다섯 살 난 딸, 셋이 길을 나섰다. 짐은 많지 않았다. 아내가 트렁크를 닫으며 "이 정도면 되겠지" 했고 나는 고개를 끄덕였다. 그 여름은 조금 비어 있어도 괜찮을 것 같았다.

우리는 속초로 향했다. 서울시 공무원 수련원이 있다는 이유보다 동해라는 이름이 먼저 마음을 끌었다. 서해에서 자란 나에게 동해는 늘 다른 결의 바다였다. 파도는 망설임 없이 다가왔고 바다는 제 색을 분명히 지키고 있었다. 도심을 벗어날수록 풍경은 느슨해졌다. 산은 초록을 깊게 드리우고 있었고 햇빛은 차 안으로 고르게 스며들었다. 딸아이는 창밖을 한참 바라보다가 말했다.

"아빠, 이제 바다가 가까워진 것 같아. 바다 냄새 나는 것 같아."

아직 바다는 보이지 않았지만 그 말 한마디로 충분했다.

도착하니 바다였다. 가슴이 한 번에 트이는 느낌이 들었고, 갯바람과 함께 비릿한 갯내음이 코끝을 스쳤다. 그 냄새가 좋고 편안했다. 이렇게 갯바람과 갯내음이 익숙한 걸 보니 나는 역시 섬사람인가 보다. 낯선 곳인데도 기억이 먼저 반응을 했다. 파도 소리를 듣는 순간, 어린 시절 부두 끝에 서 있던 시간들이 함께 떠올랐다. 해질 무렵 물빛과 바람에 실려 오던 소금기 어린 공기까지도 그대로였다. 오래 떠나 있었지만, 바다는 여전히 내 안에 남아 있었다.

수련원은 바다와 산 사이에 조용히 자리 잡고 있었다. 눈에 띄게 새롭지도 화려하지도 않았지만 오래 사용된 장소만이 가진 안정감이 있었다. 그곳을 사용하는 사람들 모두 같은 소속인 서울시 직원들이었다. 복도에서 예전에 함께 일했던 동료의 가족을 마주쳤다. 반가워 인사를 나눴지만 오래 말을 잇지는 않았다. 그 정도의 거리감이 오히려 잘 어울렸다.

다음 날 오전에는 설악산 입구까지만 가볍게 걸음을 옮겼다. 정상까지 가야 한다는 숙제 같은 마음은 내려놓았다. 아이의 짧은 보폭에 맞춰 숲의 초입을 천천히 걸었다. 발걸음을 재촉하지 않으니 길은 생각보다 여유로웠다.

키 큰 나무들이 해를 가려 시원한 그늘을 만들었고 나뭇잎 사이로 내려오는 햇살이 바람에 흔들리며 발밑을 비추었다. 그 빛은 늘 일정하지 않았고, 그래서 더 자연스러웠다. 아이는 그 빛을 밟듯 걸었고 나는 그 뒤에서 한 박자 늦게 따라갔다. 계곡물 소리가 가까워질수록 공기는 차분해졌다. 도시에서 가져온 생각들은 하나둘 뒤로 물러났다. 숨이 조금 찰 즈음, 우리는 바위에 걸터앉아 물을 나누어 마셨다. 물병을 건네받는 그 짧은 순간에도 아무 말이 필요 없었다.

설악산은 오래된 산이었다. 수많은 사람들이 오르고 내려간 길 위에는 보이지 않는 시간의 층이 켜켜이 쌓여 있었다. 오래 밟혀 둥글어진 바위와 손길에 길들여진 밧줄, 수없이 오르내린 발끝이 스쳐 간 계단에는 각자의 사연이 스며 있었을 것이다. 누군가는 결심을 안고 올랐고 누군가는 포기를 배우며 내려왔을 것이다. 그 모든 발걸음이 지나간 뒤에도 산은 조금도 요란하지 않았다. 다녀간 사람들의 호흡과 망설임을 묵묵히 받아들이며 그 자리에 오래 서 있었을 뿐이다. 그래서 설악산은 거대하기보다 깊어 보였다. 높이로 압도하기보다 시간으로 쌓인 산이라는 느낌이 들었다.

산에서는 꼭 정상에 닿는 것이 전부는 아니었다. 어디까지 왔는지보다 어떻게 걷고 있는지가 더 많은 것을 말해주었다. 끝까지 오르지 않아도 산의 깊이를 느끼기에는 충분했다. 애써 정복하려 들지 않아도 산은 그 자리에 있는 것만으로 위로가 되었다.

돌아서는 길에 나는 생각했다. 삶에서도 늘 정상만을 목표로 삼지 않아도 된다는 것을. 멈출 수 있는 자리에서 멈추고 내려올 수 있을 때 내려오는 선택도 때로는 용기라는 것을. 그날의 설악산은 아무것도 가르치려 들지 않았지만 그 침묵 속에서 나는 오랫동안 잊고 있던 문장을 하나 되찾았다.

‘지금 이만큼이면 충분하다.’

다시 바다로 내려왔다. 모래사장은 넓었고 파도는 가까웠다. 동해의 파도는 분명했다. 올 때는 망설임이 없고 물러날 때는 미련이 없었다. 그 리듬이 마음속에 남아 있던 군더더기를 하나씩 덜어내는 것 같았다. 딸아이는 신발을 벗자마자 모래 위로 뛰어들었다. 옷이 젖든 모래가 묻든 상관없다는 얼굴이었다. 아내는 아이를 따라가며 웃었고, 나는 조금 떨어진 곳에 앉아 그 모습을 바라보았다. 무언가 해야 한다는 강박도 다음 주 일정을 걱정하는 조바심도 없었다. 그저 보고 듣고 숨 쉬는 행위만으로도 존재의 가치가 충분해지는 시간이었다.

해가 기울자 바다는 색을 바꾸기 시작했다. 파도 위로 은빛이 겹쳐졌고 소리는 한결 낮아졌다. 저녁은 소박했고 말도 많지 않았다. 밤이 되자 파도 소리는 창문을 넘어 방 안으로 들어왔다. 멈추지 지만 재촉하지 않는 소리였다. 딸 아이는 금세 잠들었고 아내는 불을 끄며 말했다.

“이런 휴가 참 좋다.”

나는 대답 대신 가만히 미소 지었다. 그 말이면 충분했기 때문이다.

그해 여름은 그렇게 지나갔다. 이후 더 많은 계절이 흘렀고 바다는 여러 번 다시 찾았지만, 그 첫 여름의 감각은 오래 남았다. 아무것도 증명하지 않아도 되었던 시간, 삶이 잠시 제 속도를 되찾았던 기억. 지금도 여름이 오면 그 바다를 떠올린다. 속초의 파도는 여전히 같은 리듬으로 오고 갈 것이다. 그러나 내가 기억하는 것은 바다의 크기가 아니라, 그 앞에서 한결 가벼워졌던 마음이다. 그 여름은 소란스럽지 않게, 그러나 분명하게 내 삶에 남아 있다.

공직이라는 자리에 들어온 뒤 내가 마주한 것은 제도 그 자체가 아니라 그 제도가 실제로 작동하는 현장이었다. 행정은 문서와 절차로 설명되지만, 시민을 만나는 순간 그것은 전혀 다른 얼굴을 드러낸다. 현장에서의 판단은 언제나 단순하지 않았다. 법과 원칙은 분명했지만 그것을 적용하는 순간에는 이해와 갈등이 동시에 따라왔다. 누군가는 보호를 요구했고, 누군가는 억울함을 호소했으며, 그 사이에서 내려야 하는 선택은 늘 또 다른 질문을 남겼다. 돌아보면 이 시간은 무엇이 옳은가를 배우는 과정이기보다 무엇을 감당해야 하는가를 배워가는 과정에 가까웠다. 결과보다 과정이 더 오래 남았고, 결정 그 자체보다 그 결정을 설명해야 하는 시간이 더 길었다. 이 장에 담긴 이야기들은 행정이 어떤 얼굴로 시민을 만나고, 그 만남 속에서 공직자가 어떤 방식으로 흔들리고 버텨왔는지를 기록한 시간들이다. 그 과정에서 나는 법과 책임, 그리고 신뢰가 얼마나 쉽게 말해지면서도 지키기는 어려운 것인지를 조금씩 알게 되었다.

제 2 부

행정은 어떤 얼굴로 시민을 만나는가

1 ———

동대문운동장에서 배운 오해와 진실

잠시 전원을 끄고 마주했던 바다의 평온함은 역설적으로 내가 다시 돌아가야 할 현장이 얼마나 뜨거운 곳인지를 일깨워 주었다. 휴가가 끝난 뒤 나를 기다리고 있는 것은 사무실의 정적인 공기가 아니라 수천 명의 생계와 수만 명의 기억이 뒤엉켜 거칠게 숨 쉬고 있는 동대문운동장의 현장이었다.

갈등은 생각보다 거셌다. 그동안 지켜온 기준이 현장에서 얼마나 버틸 수 있는지 확인해야 했다. 제도와 삶이 정면으로 맞부딪히는 그 자리에서 내가 쌓아왔던 내면의 방파제 역시 거센 파도 앞에 놓였다. 그것은 제도라는 차가운 얼굴이 어떻게 사람의 뜨거운 삶과 마주하는지를 묻는, 내 공직 인생에서 가장 치열했던 수업의 시작이었다.

동대문운동장 관련 업무를 맡게 되었다. 내가 참여하게 된 사업은 기존 동대문운동장을 철거하고 그 자리를 시민을 위한 공원과 문화 공간으로 재구성하는 '동대문운동장 공원화 및 동대문 디자인 파크(DDP) 조성 사업'이었다. 이 사업은 개발과 보존, 생계와 공공성이라는 문제들이 한꺼번에 얽혀 있었다. 사업 그 자체보다도 그 주변에 켜켜이 쌓여 있던 이해와 감정, 그리고 오래된 기억들이 더 무겁게 다가왔다.

동대문운동장은 한때 서울의 가장 큰 무대였고, 시대의 표정이 모여드는 광장이었다. 정치의 격랑 속에서 수많은 군중이 모여들었고 이승만에서 신익희, 박정희와 김대중에 이르기까지 시대를 대표하는 정치인들의 연설이 울려 퍼지던 순간도 그 공간의 역사 속에 남아 있다. 누군가에게 동대문운동장은 단순한 체육시설이 아니라 시민이 함께 숨 쉬고 함께 흔들리던 시간의 배경이었다. 도시의 한복판에서 사람들은 그곳에 모여 목소리를 내고 시대를 바라보고 서로의 존재를 확인했다.

또한 그곳은 야구의 산실이기도 했다. 봉황대기와 황금사자기 같은 고등학교 야구의 굵직한 대회들이 열리던 자리였고 수많은 청춘들이 흙먼지를 일으키며 뛰어다녔다. 훗날 한국 야구를 대표하게 된 선수들의 출발점이기도 했다. 김봉연, 김유동 같은 걸출한 대스타들도 그 함성 속에서 이름을 알리기 시작했다.

관중석을 가득 메운 함성, 마지막 공 하나에 울고 웃던 순간들이 그곳에 켜켜이 쌓여 있었다. 오래된 스탠드와 낡은 전광판은 시대의 흔적을 품고 있었고, 이제는 사라졌지만 그 함성은 아직도 어딘가에 남아 있는 듯했다. 그렇게 동대문운동장은 한 시대의 기억을 품은 채 역사 속으로 천천히 물러나고 있었다.

동대문운동장은 너무 많은 이해관계가 한꺼번에 얽힌 자리였다.

시민에게는 어린 시절의 추억이었고, 상인에게는 생계였으며, 도시 행정에서는 도시의 미래를 설계해야 할 상징적 공간이었다. 그래서 그곳에 행정이 개입하는 순간 쟁점은 공간의 문제가 아니라 사람들 사이의 이해가 충돌하는 문제가 되었다.

사업이 본격화되자 예상했던 일들이 하나씩 현실이 되었다. 사업을 시작하면서 상가를 비우라는 서울시와 오랜 기간 운동장 상가에서 생계를 이어오던 상인들과의 마찰이 시작되었고 항의는 거셌다. 고성이 오가고 책상이 흔들렸다. 일부 과격한 상인은 몸에 신나를 뿌리고 라이터를 들고 협박하기도 했다. 협상 테이블 위로 물병이 날아드는 일은 그곳의 일상이었다. 그들을 이해하지 못한 것은 아니었다. 그곳은 그들의 생계였다. 평생을 장사로 버텨온 가게를 닫아야 한다는 통보는 삶을 송두리째 내려놓으라는 말과 다르지 않았다. 분노와 절박함이 뒤섞인 감정이 폭발하는 장면을 나는 여러 차례 마주했다.

그러나 동시에 이 사업은 멈출 수 없는 시책이었다. 서울의 미래를 내세운 대형 사업이었고 수많은 행정 절차와 일정이 맞물려 있었다. 누군가는 그 사이에서 상황을 수습해야 했다. 민원은 끊이지 않았고 설명을 하면 오해가 생겼으며 설득을 시도하면 불신이 돌아왔다. 도시 재생이라는 행정의 언어와 삶의 터전을 잃는다는 현장의 감정 사이에는 분명한 간극이 존재했다.

현장에서 가장 어려웠던 것은 설명으로 해소되지 않는 오해였다. 행정은 늘 일방적으로 결정한다는 인식이 강했고, 어떤 설명도 진심으로 받아들여지지 않는 순간들이 있었다. 그럴수록 말은 줄이고 과정은 더 투명하게 남기려 했다. 운동장 철거와 공원화 자체는 이미 정책적으로 결정된 사안이었다. 그러나 현장의 쟁점은 철거와 이주의 시점과 생계 대책, 그리고 보상 문제에 집중되어 있었다. 나는 그 과정이 어떤 절차를 거쳐 진행되는지, 이해관계자들의 요구가 어떻게 조정되는지를 기록으로 남기는 데 집중했다.

시간이 흐르면서 일부 오해는 풀렸고 몇몇은 다른 터전을 찾아 움직이기 시작했다. 모든 사람을 설득할 수는 없다는 사실도 받아들이게 되었다. 중요한 것은 완벽한 합의가 아니라 책임 있게 진행되는 과정이라는 생각이 들었다. 공공사업은 언제나 누군가에게 상실을 남길 수밖에 없다는 현실을 이 사업을 통해 분명히 마주하게 되었다.

동대문에서의 경험은 나에게 행정의 민낯을 보여주었다. 제도와 절차는 문서로 정리되어 있지만, 실제 현장에서는 감정과 삶이 먼저 반응한다는 사실을 실감했다. 동대문운동장이라는 공간이 시민에게는 추억이었고 상인에게는 삶의 터전이었다는 점을 뒤늦게서야 온전히 이해하게 되었다.

그 시기를 지나며 나는 한 가지를 배웠다. 오해는 설명 부족에서만 생기는 것이 아니라 변화에 대한 두려움에서 비롯되기도 한다는 점이다. 그리고 그 두려움의 한가운데에서 행정은 늘 시험대에 오른다는 사실이었다. 그러나 갈등이 모두 정리된 것은 아니었다. 운동장 철거와 상가 이전 문제는 여전히 남아 있었고, 행정의 다음 단

계는 이제부터 시작이었다. 이후 남은 가장 큰 문제는 상가 이전과
공유재산 집행이었다.

2 ——

모두가 피하던 자리에서 남아 있기로 한 선택

그 이후 그런 과정이 길어질수록 자리를 옮기려는 직원들은 하나 둘 늘어났다. 민원이 많았고 갈등은 쉽게 정리되지 않았으며 결과에 비해 책임이 크게 돌아올 가능성이 있는 일이었다. 조직 안에서 그런 자리는 늘 직원들이 피하게 된다. 누구도 공개적으로 회피한 다고 말하지는 않았지만 움직임은 조용하고 빨랐다.

그때 나 역시 선택 앞에 서 있었다. 자리를 옮길 수 있는 기회는 있었다. 다른 부서로 이동하면 갈등의 중심에서 벗어날 수 있었고 업무 강도도 낮아질 가능성이 컸다. 그 선택이 합리적이라는 것도 알고 있었다. 그러나 쉽게 결정을 내리지는 못했다.

남아 있기로 한 이유는 단순했다. 일이 진행 중이었고 누군가는 그 과정을 끝까지 책임져야 한다고 생각했다. 중간에 사람이 바뀔 수록 오해는 더 커지고 기록은 끊어진다. 갈등의 당사자들은 행정 이 책임을 회피한다고 느낄 가능성이 높았다. 그 상황을 더 악화시 키고 싶지는 않았다. 남아 있는 동안의 시간은 말 그대로 전장을 지 나는 일과 같았다. 사업은 매 순간 긴장 그리고 새로운 갈등과 판단을 요구했고, 우리는 늘 그 흐름 속에서 버티고 있었다. 쌓여 있는 민원을 정리하고 결정의 근거를 다시 확인하며 빠진 기록이 없는지 점검했다. 눈에 띄는 성과는 없었지만 과정이 흔들리지 않도록 붙들고 있는 역할이었다.

그 과정에서 스스로에게 여러 번 질문을 던졌다.

'이 선택이 옳은가, 괜한 고집은 아닌가, 내가 감당하기에는 무리가 아닌가.'

매번 확신에 찬 답을 내릴 수는 없었다. 다만 그때마다 떠올린 기준은 하나였다. 지금 이 자리를 떠났을 때 그 결과를 스스로 설명할 수 있는가 하는 것이었다.

모두가 떠난 자리에서 남아 있기로 한 선택은 특별한 용기라기보다 책임의 연장이었다. 박수를 받는 결정도 아니었고 보상이 보장된 선택도 아니었다. 그러나 어떤 일은 누군가 남아 있지 않으면 끝나지 않는다는 사실을 그 시간 속에서 분명히 알게 되었다.

시민의 재산 앞에서 법을 집행한 자리

동대문 DDP 사업이 진행되는 과정에서 예상하지 못한 장면들이 하나둘 드러나기 시작했다. 큰 쟁점은 결국 상가 이전과 공유재산 문제로 이어졌다. 동대문운동장에서 서울시 공유재산을 임대해 스포츠 상가를 운영하던 72개 점포 상인들이 집단으로 임대료 납부를 중단한 것이다. 단순한 연체가 아니었다. 고의 체납이었다. 당시 그곳은 영업이 잘되는 상권이었다. 매출이 급감해 임대료를 내지 못하는 오늘날 생존을 걱정하는 소상공인의 사정과는 분명히 달랐다. 그럼에도 상인들은 이전 문제가 해결되지 않았다는 이유를 내세워 집단으로 임대료를 내지 않았다. 서울시의 동대문운동장 이전에 따른 명도 요구에도 불응했다. 임대료 체납 그 자체는 무단점유에 해당하지 않지만, 이전 결정 이후에도 점포를 비우지 않은 명도 거부는 명백한 공유재산 무단점유에 해당하는 사안이었다.

동대문운동장 이전사업 추진 TF팀에 합류했을 당시 상황은 이미 악화되어 있었다. 이전이 멈추면 사업은 진행할 수 없고, 법 집행이 뒤로 밀리면 행정은 힘을 잃는 구조였다. 전임자들은 체납 고지서만 반복해서 발송했을 뿐 실질적인 법적 조치를 하지 않았다. 그렇게 시간을 끌다 다른 부서로 전출을 갔다.

문제는 그대로 남았고 체납금은 눈덩이처럼 불어났다. 행정에서 이런 장면은 낯설지 않았다. 문제가 크고 복잡할수록 담당자가 오래 머물지 않는 방식으로 정리되는 경우가 있었다. 법을 집행하지 않는 선택이 조용히 개인의 안정을 보장해 주는 구조였고, 그 비용은 고스란히 다음 사람에게 넘어갔다.

TF에 합류하면서 방향을 분명히 했다. 협상은 하되 법 집행은 미루지 않겠다는 원칙이었다. 공유재산은 곧 시민의 세금이었고, 나는 그 세금이 더 이상 방치되지 않도록 지키는 것이 공직자의 책임이라고 판단했다.

먼저 상인들과의 대화를 시도했다. 동시에 명도 거부에 대해 공유재산 무단점유로 중부경찰서에 전원 고소를 진행했다. 마음이 편한 결정은 아니었다. 그러나 공무원은 시장의 명을 받아 행정을 집행하는 사람이다. 다시 말해 우리는 개인의 판단이 아니라 공적 권한을 행사하고 있었다.

체납금에 대해서도 적극적으로 움직였다. 재산가처분 신청과 가압류 절차를 병행했다. 체납은 더 이상 협상의 카드가 아니라 정리해야 할 법적 문제라는 점을 분명히 했다. 상인들의 반발은 거셌다. 현장에서는 욕설을 퍼붓고 물병이 날아오기도 했다. 협박성 발언도 적지 않았다. 그때마다 스스로에게 되물었다. 지금 이 자리를 피하면 행정은 어디까지 물러나게 될까.

조사가 시작되고 경찰의 소환 통보가 전달되자 분위기는 달라졌다. 그동안 거부하던 협상 테이블에 상인들이 다시 앉기 시작했다. 태도는 눈에 띄게 누그러졌다. 협상 과정에서는 일정 부분의 유연함도 필요했다. 일부 조건에서는 현실적인 선에서 양보했고, 그 결과 임대료 체납금의 90% 이상을 납부받는 성과를 이뤘다. 공유재산을 무단 점유한 채 시간을 끄는 방식은 더 이상 통하지 않는다는 메시지도 분명히 전달되었다.

협상 과정에서 최소한의 양보로 더 많은 것을 얻어냈다. 그러나 이후 감사에서는 그 양보를 문제 삼았다. 더 많은 것을 지키기 위해 감수한 최소한의 양보가 성과가 아니라 감사 대상이 되는 것이다. 문제는 그다음에 또 나타난다. 아이러니하게도 현장에서 문제를 키운 전임 담당자들에게는 아무 일도 일어나지 않았다. 법 집행을 미루고 체납을 방치한 선택은 문제 되지 않았다. 반면 협상과 법 집행을 병행하며 실질적인 성과를 낸 우리는 오랜 기간 감사와 조사를 받아야 했다. 그 과정에서 협상 과정에서의 양보는 성과로 평가되기보다 오히려 절차상 문제로 지적되었다.

그때 처음으로 조직에 대한 질문이 또렷해졌다. 왜 문제를 방치한 선택은 안전하고 문제를 해결한 선택은 위험해지는가. 왜 문제해결을 위해 적극적으로 법을 집행한 사람만이 끝없이 설명해야 하는가. 이런 구조에서 누가 다음에 나서려고 할까. 공직 사회에는 '좋은 게 좋다'는 말이 있다. 충돌을 피하고 갈등을 미루고 관행대로 흘러가는 것이 가장 안전하다는 암묵적 합의. 그러나 그 합의가 쌓일수록 행정은 점점 힘을 잃는다. 법은 형식으로만 존재하고 현장은 소극적 대응에 익숙해진다.

동대문 DDP 현장에서 나는 한 가지를 분명히 배웠다. 행정은 결국 선택의 연속이라는 사실이었다. 법을 집행하는 것도 선택이지만, 집행하지 않는 것 역시 하나의 선택이다. 그리고 어떤 선택이든 그 책임은 반드시 누군가에게 돌아간다. 문제는 그 책임이 결정을 미룬 사람에게가 아니라 결국 현장에 남은 사람에게 집중된다는 점이었다. 이 구조가 바뀌지 않는 한 같은 갈등은 다른 현장에서 반복될 수밖에 없다. 그리고 또 누군가는 현장에서 거센 항의를 마주하고, 누군가는 조사실에 앉게 될 것이다.

4

조사 앞에서 흔들린 믿음

동대문 업무가 마무리되던 시기에 감사원 조사가 시작되었다. 예고 없이 닥친 일은 아니었지만, 막상 조사 대상에 포함되었다는 사실을 마주하자 마음이 편할 수는 없었다. 나 혼자만의 일이 아니라 여러 명이 함께 조사 대상이 되었다는 점에서 상황의 무게가 더 실감 났다. 조사의 발단은 상가 이전에 동의하지 못한 일부 상인들이 절차상의 하자를 문제 삼아 제기한 민원이었다. 정책의 방향이 아니라 과정의 적정성을 둘러싼 이의 제기였다.

조사는 차분하게 진행되었다. 질문은 절차와 판단의 근거를 확인하는 데 집중되어 있었고 분위기는 조용했지만 가볍지 않았다. 질문 하나하나가 지나간 선택들을 다시 불러냈다. 그때 왜 그렇게 판단했는지, 다른 선택지는 없었는지, 결과에 대한 책임을 어떻게 설명할 것인지, 스스로에게 되묻게 되었다.

가장 힘들었던 것은 일의 옳고 그름보다도 과정이 의심받고 있다는 생각이었다. 규정을 지키며 기록을 남기고 절차에 따라 움직였다고 생각했지만 그 모든 것이 다시 검증의 대상이 되었다. 성실하게 일한 시간이 한순간에 설명의 대상이 되는 경험은 낯설고 불편했다.

조사는 예상보다 길게 이어졌고, 그 시간은 쉽게 드러낼 수 없는 긴장과 깊은 마음의 고통을 남겼다. 겉으로는 평소처럼 출근하고 업무를 이어갔지만, 일상의 호흡은 달라져 있었다. 말은 줄었고 생각은 길어졌으며 고민의 부피는 커져만 갔다. 시간이 흐를수록 피로는 쌓였고, 그 무게는 몸보다 마음을 먼저 짓눌렀다. 조사 기간 동안 조직을 바라보는 시선도 달라졌다.

공식적으로는 개인의 판단을 존중한다고 말했지만 실제로는 각자가 스스로를 증명해야 하는 상황에 놓였다. 함께 일하던 사람들과 말을 아끼게 되었고, 불필요한 오해를 만들지 않기 위해 침묵을 선택하는 순간들도 많아졌다. 그 침묵은 때때로 외로움으로 이어졌다.

시간이 흐르면서 사실관계는 하나씩 정리되었다. 기록으로 남겨두었던 결정의 이유와 절차가 확인되었고 오해로 시작된 부분들도 점차 바로잡혔다. 모든 과정이 끝났을 때 문제 삼을 만한 위법이나 부당한 판단은 없다는 결론이 내려졌다. 결과를 받아들였을 때 느낀 감정은 기쁨보다 안도에 가까웠다. 길게 이어졌던 긴장이 풀리는 느낌이었다. 다만 그 과정이 남긴 흔적까지 사라지지는 않았다.

이 경험은 공직에서의 판단이 언제든 다시 불려 나올 수 있다는 사실, 그리고 그때 나를 지켜주는 것은 말이 아니라 기록과 과정이라는 점을 분명히 알려주었다.

5

결과가 아닌 과정으로 평가받았던 시간

시간이 꽤 흐른 뒤 모범공무원으로 선정되었다. 동대문운동장 이전 사업을 포함해 공직 생활 전반이 함께 평가된 결과라고 했다. 특정한 성과 하나라기보다 여러 과정을 종합해 판단했다는 설명이었다. 그 말을 들었을 때 느낀 감정은 기쁨보다 안도에 가까웠다. 그동안의 시간이 헛되지 않았다는 확인이었다.

모범공무원 표창은 일반적인 포상과는 성격이 조금 다르다. 단순히 한 해의 실적을 평가하는 수준이 아니라 근무 태도와 책임의식, 공직 윤리 전반을 보다 엄격하게 들여다보는 심사과정이 따른다. 일정기간 동안 매달 수당이 지급되는 제도적 혜택도 함께 수반되기 때문에 그만큼 선정 기준이 까다롭고 절차도 조심스럽게 진행된다.

갈등의 현장에 남아 있었던 선택과 설명을 피하지 않았던 결정들, 그리고 조사라는 과정을 통과하며 감당해야 했던 시간들이 하나의 맥락으로 이어졌다는 느낌이 들었다. 선정 소식은 조용히 받아들였다. 주변에 알리거나 스스로를 드러내고 싶지는 않았다. 이 결과는 개인의 공로라기보다 맡은 자리를 벗어나지 않고 끝까지 감당한 시간에 대한 평가라고 받아들였다. 그래서 그 이름은 상보다 기록에 가까웠다.

그때 비로소 공직에서 말하는 '과정'이라는 단어를 다시 생각하게 되었다. 논란과 오해, 설명의 시간을 포함한 전부가 평가의 대상이 될 수 있다는 사실을 체감했다. 이후의 판단에서도 빠른 성과보다 흔들리지 않는 기준을 먼저 떠올리게 되었다. 다만 남아 있기로 했던 선택과 설명을 피하지 않았던 태도가 전혀 무의미하지 않았다는 점은 분명해졌다. 그 확인 하나로 이후의 시간들을 조금 더 담담하게 받아들일 수 있게 되었다.

6

법이라는 상식, 그 지키기 어려운 평범함에 대하여

모범공무원이라는 이름으로 보상이 주어졌지만, 마음 한편에선 안도감과 함께 해묵은 질문 하나가 다시 고개를 들었다. 갈등의 현장에서 내가 붙들었던 원칙은 무엇이었으며, 내가 집행한 법은 과연 누구를 위한 것이었나 하는 물음이었다.

현장의 거친 숨소리를 법과 원칙으로 매듭지으며 버텨온 30년이었으나 돌이켜보면 내가 지키려고 했던 그 원칙의 정체가 무엇인지 스스로에게 되묻게 되는 날이 많았다. 행정의 최일선에서 법을 집행하다 보면 우리는 흔히 법을 넘을 수 없는 절대적인 경계처럼 여기곤 하지만, 사실 법이란 그리 거창한 것이 아니었다. 그것은 우리가 공유하는 가장 보편적인 약속, 즉 상식에서 출발한 것이어야 했다.

법이란 상식의 기반 위에서 만들어진 사회적 약속이다. 우리가 살아가며 '이건 좀 아니지 않나', 혹은 '이 정도는 해야지' 하고 고개를 끄덕이게 되는 평범한 일상의 질서들, 그 상식들이 모여 법이 된다. 사회적으로 합의된 관례나 약속을 두고 제도로써 어디까지는 허용되고 어디부터는 안 되는지 선을 그어놓은 것, 그것이 법의 출발점이다.

그렇다면 상식 안에 머물면 법의 테두리 안에 있는 것이고 그 선을 넘어가면 법의 테두리 밖에 서게 된다는 뜻이다. 참 명료한 이치다. 공무원은 바로 그 '선'을 집행하는 사람이다. 시장의 명을 받아 현장에서 그 약속들이 잘 지켜지고 있는지 살피는, 말하자면 시장의 대리인인 셈이다.

법이 곧 상식이라면 집행도 상식적이어야 하는데 현장에서는 그게 참 쉽지 않다. 왜 그럴까. 오래전, 무단으로 점유된 도로를 정비하던 날이었다. 법의 잣대로 보면 명백한 불법이었고 시장의 대리인으로서 나는 그 공간을 시민들에게 돌려주어야 할 의무가 있다. 그런데 그곳에서 30년 넘게 작은 가판대를 지켜온 노인의 눈을 마주했을 때 내가 배운 상식은 길을 잃었다.

행정의 상식은 공공의 질서를 말했지만, 노인의 상식은 생존의 절박함을 말하고 있었다. 조문에는 허용과 금지의 경계가 분명히 규정되어 있었지만, 사람의 삶이 얽힌 현장에서는 그 선이 자꾸만 번져 보였다. 시장의 권한을 위임받아 법을 집행해야 하는 대리인의 의무와 한 인간으로서 느끼는 안타까움과 연민 사이에서 나는 한참을 서성여야 했다.

공무원의 입장에서 상식이 어려운 이유는 우리가 마주하는 상식이 늘 누구의 상식인가를 묻기 때문이다. 법은 보편적인 상식을 말하지만, 현장의 사람들은 각자의 사정이라는 개별적인 상식을 내민다. 그 간극을 메우는 것은 법조문이 아니라 그 사이에 서 있는 공무원의 고독한 판단이다.

상식이 상식으로 통하지 않는 순간에도 나는 시장의 대리인으로서 그 자리를 지켜야 했다. 피하고 싶다고 해서 피할 수 있는 자리도 아니었다. 다만 내가 할 수 있는 일은 법이라는 이름 뒤에 숨어 기계적으로 집행하는 것이 아니라 그 상식의 경계에서 흔들리는 마음조차 정직하게 마주하는 것뿐이었다.

결국 법을 집행한다는 것은 차가운 칼날을 휘두르는 일이 아니라 서로 다른 상식들이 충돌하는 지점에서 가장 정직한 합의점을 찾아가는 과정이었다. 시장의 대리인으로서 내가 짊어져야 했던 무게는 바로 그 상식의 온도를 맞추는 일에 있었다.

7

살아 돌아온 얼굴과 돌아오지 못한 얼굴

동대문운동장이라는 거대한 현장에서 보낸 시간은 행정이 단순히 결과를 만들어내는 기계가 아니라 무수한 이해관계를 조정하는 고통스러운 과정 그 자체임을 가르쳐 주었다. 법을 집행하고 조사를 받고 때로는 모두가 기피하는 자리에 끝까지 남아 버티며 나는 조금씩 단단해지고 있었다.

어느덧 행정의 절차와 언어에 익숙해졌다고 생각하던 무렵, 삶은 예상하지 못한 방식으로 내게 질문을 던졌다. 화려한 디자인 파크의 설계도나 규정의 논리보다 훨씬 더 직접적이고 피할 수 없는 생명에 관한 질문이었다. 결국 행정이 다루는 것은 제도만이 아니라 그 안에서 살아가는 사람들의 삶이라는 사실을 새삼 깨닫게 된 순간이었다. 그날 나는 처음으로 서류와 절차 너머에 있는 얼굴들을 똑바로 마주하게 되었다. 이 글은 그때의 기억을 남겨두려는 기록이다.

그날이 오래 남은 이유는 시작이 너무 평범했기 때문이다. 출근

길도 사무실의 공기도 여느 날과 다를 바 없었다. 각자 제자리에서 하루를 맞을 준비를 하고 있었고, 나는 한 신입 직원을 보며 미소를 지었다. 유난히 싹싹하고 예의가 반듯해 볼 때마다 기분이 맑아지는 직원이었다. 그는 도로 복구 현장에 다녀오겠다고 말하며 사무실을 나섰다. 문을 나서는 뒷모습이 괜히 든든해 보였다. 곧 8급 진급을 앞두고 있다는 사실도 떠올랐다. 별일 없을 하루라고 생각했다.

한참이 지났을 무렵 현장에서 전화가 걸려왔다. 받는 순간부터 이상했다. 수화기 너머로 들려오는 숨소리가 거칠었고 말은 끊어졌다 이어졌다. 후진하던 작업 차량 사고, 그리고 현장으로 나갔던 그 직원의 이름이 뒤섞여 들렸다. 그 이름이 들리는 순간 가슴 안쪽이 한 번에 꺼져 내렸다. 이어서 사망이라는 말이 들렸을 때 숨이 막혔다. 공기가 더 이상 들어오지 않는 것 같았다.

시간이 멈춘 듯했다. 귀에서는 소리가 멀어졌고 눈앞이 흐려졌다. 분명히 그 말을 들었는데 그 말을 이해하지 못한 것처럼 머릿속이 텅 비었다. 불과 몇 시간 전 든든해 보이는 뒷모습으로 사무실을 나서던 그 얼굴이 겹쳐 떠올랐다. 웃으며 인사하던 모습, "다녀오겠습니다"라고 말하던 목소리가 끊임없이 머릿속을 맴돌았다. 입에서는 의미 없는 말만 흘러나왔다. "이 일을… 어떻게 해……. 어떻게 하지… 나이가 이제 겨우 몇 살인데……."

보고를 해야 한다는 생각이 스쳤지만 그 생각조차 손에 잡히지 않았다. 손이 심하게 떨려 전화기를 제대로 쥘 수 없었다. 떨어뜨릴 것 같아 책상 위에 내려놓았다가 다시 집어 들기를 몇 번이나 반복했다. 심장은 이유 없이 더 빠르게 뛰었고 그 박동이 목까지 차올랐다. 숨을 고르려 했지만 쉽지 않았다.

그 짧은 순간 나는 아무 역할도 아니었다. 상급자도, 관리 책임자도, 공직자도 아니었다. 그저 방금 전까지 살아 있던 한 젊은 직원의 죽음을 처음으로 통과하고 있는 사람이었다. 무엇을 먼저 해야 하는지보다 이 사실을 내가 감당할 수 있을지조차 알 수 없었다. 그 이름이 다시는 사무실로 돌아오지 않는다는 사실이 가슴 깊이 내려앉았다.

전화기를 내려놓자마자 사무실의 공기가 급격히 바뀌었다. 긴급 비상 회의가 곧바로 소집되었다. 사고 경위 파악이 먼저였다. 누가 현장으로 이동할지, 어떤 부서에 먼저 상황을 알릴지, 언론 대응은 어떻게 준비할지 숨 돌릴 틈 없이 긴박하게 결정이 이어졌다. 모두가 충격 속에서도 각자의 자리에서 해야 할 일을 묵묵히 수행하며 빠르게 움직이고 있었다.

그러던 중 얼마 지나지 않아 현장에서 다시 전화가 왔다. 사고자는 우리 직원이 아니라 하청업체의 60대 인부라는 설명이었다. 그 말을 듣는 순간 나는 나도 모르게 말했다.

"아! 감사합니다. 감사합니다."

연거푸 그 말이 튀어나왔다. 전화를 끊고 나서야 그 말이 너무나 부적절하다는 생각에 마음에 걸렸다. 이러면 안 되는데 어느 생명인들 소중하지 않은 생명이 있겠는가. 현장에서 사람이 사망한 사고는 우리 부서에 있어 결코 가벼운 일이 아니었다. 책임을 피할 수도 없는 일이었다. 그런데 왜 나는 안도했을까 왜 가슴을 쓸어내렸을까.

마음은 천천히 진정되었다. 그리고 그제야 알았다. 그 순간의 감사함은 윤리적 판단이 아니라 너무도 인간적인 반응이었다는 것을. 사고의 무게를 재기 전에 먼저 떠올린 얼굴이 있었기 때문이다. 아침에 웃으며 사무실을 나서던 그 젊은 직원의 얼굴, 아직 살아 있는 얼굴이 머릿속을 가득 채웠다.

잠시 뒤 그 직원이 사색이 된 얼굴로 사무실로 돌아왔다. 사고 현장을 직접 마주한 뒤였다. 나는 그를 보며 또다시 당황했다. 살아 돌아왔다는 사실이 그렇게 고마울 줄은 몰랐다. 마음속에서는 자꾸만 미소가 올라왔고 그 미소가 부적절하다는 걸 알면서도 멈출 수가 없었다. 어쩌면 이번 일로 그의 진급이 어려울 수도 있었다. 현장 사고는 늘 그렇게 남는다. 그러나 그 순간 속으로 이런 생각이 들었다.

'너의 목숨보다 진급이 먼저일 수는 없어.'

말이 되지 않는 비교라는 걸 알면서도 마음은 그렇게 움직였다.

그날 이후로 나는 사람의 마음을 조금 다르게 보게 되었다. 우리는 늘 공정과 원칙을 말하지만 실제로 위기의 순간에 먼저 튀어나오는 감정은 그렇게 단정하지 않다. 이기적이기도 하고, 살아 있다는 사실이 미안하기도 하고, 감사와 죄책감이 동시에 존재한다. 누군가의 죽음을 애도하면서도 다른 누군가가 살아 있다는 사실에 안도한다. 그 마음은 옳지도 그르지도 않다. 다만 인간적일 뿐이다.

그날 나는 두 사람을 동시에 떠올렸다. 돌아가신 60대 인부의 삶과 가족, 그리고 살아 돌아온 젊은 직원의 얼굴. 그 사이에서 흔들린 것은 나 자신의 마음이었다. 공직자로서의 책임 이전에 한 사람으로서 느낀 감정들이었다.

그 이후로 현장 사고를 대하는 마음이 달라졌다. 사고의 원인을 따지기 전에 먼저 사람을 떠올리게 되었다. 살아 있는 얼굴과 돌아오지 못한 얼굴을 함께 생각하게 되었다. 그날의 감사합니다는 지워지지 않았지만 그 말 뒤에 따라붙은 부끄러움 역시 오래 남아 있다. 아마도 우리는 그렇게 살아간다. 옳지 않다는 걸 알면서도 먼저 튀어나오는 마음과 그 마음을 뒤늦게 돌아보며 스스로를 다독이는 방식으로.

그날 나는 공직자가 아니라 한 인간으로서의 나를 분명히 마주했다. 그리고 그 사실이 지금도 마음 한구석에 남아 있다.

8

접수 날의 풍경, 쉽게 바라볼 수 없었던 이유

동대문운동장의 소란스러운 민원 현장을 지나 한 젊은 직원을 지켜보며 나는 비로소 제도보다 먼저 사람을 떠올리게 되었다. 한 사람의 생명 앞에서 가슴을 쓸어내리던 온기가 채 식기도 전에 나는 또 다른 수많은 얼굴들이 줄지어 서 있는 서늘한 현실 속으로 다시 걸어 들어갔다.

그 젊은 직원을 보며 마음속에서 삶과 죽음의 경계를 잠시 마주했던 안도감은 역설적이게도 살기 위해 거친 도로 위로 나서야 하는 청춘들의 절박함으로 이어졌다. 개인적인 감상에 머물 틈도 없이 먹고사는 일의 무게가 다시 내 앞을 가로막았다. 그렇게 마주한 접수 창구의 풍경은 내가 알던 세상보다 훨씬 더 무거웠다.

서울시에서 도로 파손 복구 인력을 모집한다는 공고가 나갔을 때 지원자가 얼마나 몰릴지는 누구도 정확히 예상하지 못했다. 싱크홀과 포트홀을 메우고, 겨울이면 제설 작업에 투입되는 도로포장 무기계약직. 여름에는 뙤약볕 아래서 아스콘을 펴고, 겨울에는 강추위 속에서 얼어붙은 도로 위에 서야 하는 일이다. 흔히 말하는 막노동에 가까운 현장이었다. 모집 인원은 5명, 접수 결과는 86명이었다.

접수 명단을 처음 받아들었을 때 숫자보다 먼저 눈에 들어온 것은 학력이었다. 지원자의 대부분이 전문대졸 이상이었다. 법대, 음대, 체대, 전공도 다양했다. 20대와 30대가 중심이었다. 악기를 전공한 사람 법을 공부한 사람 몸을 쓰는 학문을 배운 사람까지 한 줄로 이어져 있었다. 그들은 모두 같은 자리에 서 있었다. 도로 위에서 일할 사람을 뽑는 자리였다.

서류 심사를 통과한 뒤에는 체력 검증이 이어졌다. 쌀가마니를 메고 달리는 테스트 턱걸이 기본적인 근력과 지구력을 확인하는 과정이었다. 시험장에는 긴장보다 담담함이 먼저 감돌았다. 몇몇은 이미 이력서로 여러 번 떨어져 본 얼굴들이었다. 힘든 일을 감내할 각오는 이미 되어 있는 듯 보였다. 질문은 많지 않았다. 할 수 있느냐보다 버텨낼 수 있느냐를 묻는 자리였다.

면접에서 특별한 포부를 말하는 사람은 많지 않았다. 안정적인 일자리가 필요하다는 말과 당장 일을 해야 한다는 말이 반복되었다. 누군가는 전공을 살릴 기회는 이미 여러 번 놓쳤다고 했고 누군가는 일이 힘든 건 상관없다고 말했다. 그 말들은 준비된 답변이라기보다 오래 쌓여온 현실에서 비롯된 말들에 가까웠다.

접수 날의 풍경은 조용했지만 무거웠다. 그리고 그들을 바라보는 나는 단순한 관찰자가 아니었다. 지원서를 분류하고 합격과 탈락을 가르는 기준을 적용해야 하는 인사담당자였다. 누군가의 삶에서 다음 달을 결정하는 자리에 앉아있다는 사실이 그날 비로소 실감되었다.

줄을 서 있는 청년들의 얼굴에는 분노도 허세도 없었다. 대신 빨리 끝나길 바라는 표정과 기회가 한 번이라도 주어지길 바라는 눈빛이 있었다. 그날 나는 청년실업이라는 말을 통계가 아니라 사람의 얼굴로 보았다. 학력은 높아졌지만 선택지는 좁아졌고, 노력은 개인의 몫으로만 남아 있었다.

그날 집으로 돌아오는 길 내내 마음이 무거웠다. 지원자 명단을 다시 들여다보며 이들 가운데 다섯 명의 이름만 골라야 했던 사람으로서 그 청년들에게 내가 해줄 수 있었던 말이 거의 없다는 사실 때문이었다. 수고했다거나 힘내라는 말조차 쉽게 꺼낼 수 없었다. 그런 말들이 오히려 무책임하게 느껴졌다.

우리는 더 열심히 하라고 말해 왔지만, 그들이 이미 충분히 애쓰고 있다는 사실을 외면해 온 것은 아니었는지 스스로에게 묻게 되었다. 학력을 쌓고 자격을 준비하고 끝내는 도로 위의 가장 힘든 자리까지 내려와야 했던 그 선택 앞에서 나는 채용을 담당하는 공무원이자 이 사회의 한 구성원으로서 분명한 미안함을 느꼈다. 그 미안함은 개인에게 건네는 감정이 아니라 이들을 이런 자리까지 오게 만든 구조와 시간 앞에서 느끼는 부끄러움이었다.

그 자리에 서 있던 나는 묘한 감정을 떨칠 수 없었다. 이 사회를 여기까지 만든 책임에서 자유롭지 않다는 생각 때문이었다. 더 나은 미래를 말해 왔지만 정작 그 미래를 건너는 다리를 튼튼하게 만들지 못했다는 자책이 스쳤다. 도로를 고치는 일을 지원하러 온 청년들 앞에서 그들이 서 있는 사회의 균열을 먼저 고치지 못한 어른으로 서 있다는 사실이 마음에 남았다.

그날 이후 도로 공사 현장을 볼 때마다 얼굴들이 겹쳐 떠올랐다. 뙤약볕 아래에서 아스콘을 펴는 모습, 눈 내린 새벽에 제설 작업을 하는 장면 뒤에는 접수 날 조용히 줄을 서 있던 청년들의 표정이 함께 있었다. 도로의 파손은 눈에 보이지만 그 아래의 균열은 쉽게 복구되지 않는다. 그날의 풍경은 오래도록 내 마음에 남아 이 사회가 누구에게 어떤 길을 내주고 있는지를 조용히 묻고 있다.

9

구조조정 명단에 스스로 이름을 올린 사람

그날 접수창구에서 목격한 풍경은 시작에 불과했다. 밖에서 밀려오는 생존의 파도가 그토록 높고 거셌다면 그 파도가 담장 안쪽까지 들이치는 것은 시간문제였다. 도로 위로 몸을 던져서라도 일자리를 구하려던 청년들의 절박함은 얼마 지나지 않아 구조조정이라는 차가운 이름으로 우리 사무실 책상 위까지 당도했다.

세상이 온통 얼어붙어 누군가는 밖에서 안으로 들어오려 애쓰고 있을 때 안에 있던 우리는 누군가를 밖으로 밀어내야만 하는 비정한 선택 앞에 놓이게 된 것이다.

IMF의 충격은 민간에만 머물지 않았다. 공직사회에도 구조조정의 폭풍이 밀려왔다. 그 시기를 떠올리면 지금도 가슴 한쪽이 먹먹해진다. 서울시 전 부서에 내려온 지시는 단순했다. 부서별 인원의 3% 감축. 예외는 없었다. 부서마다 명단을 올리라는 독촉이 이어졌고 결국 부서장이 구조조정 대상자의 이름을 직접 적어 제출해야 했다. 그 순간부터 조직은 극심한 동요에 빠졌다. 누구의 이름이 오를지, 어떤 기준이 적용될지 아무도 확신할 수 없었다. 사무실 공기는 눈에 띄게 무거워졌다.

우리 부서도 예외는 아니었다. 그러나 그분은 부하 직원을 내보낼 수 없다고 했다. 말뿐이 아니었다. 한 사람이라도 덜 보내기 위해 구조조정 대상자 명단에 자신의 이름을 먼저 올렸다. 누구도 쉽게 선택할 수 없는 일이었다. 우리는 그 결정을 끝내 만류할 수 없었다.

그분은 결재가 까다로운 상사였다. 보고서 한 줄 표현 하나에도 쉽게 넘어가지 않았다. 때로는 심한 꾸중을 듣기도 했다. 그럼에도 서운하지 않았던 이유는 분명했다. 그 말들 사이에 늘 후배에 대한 걱정이 묻어 있었기 때문이다. 그는 일에는 엄정했지만, 사람을 함부로 대하는 법은 없었다.

그분을 떠올리면 삼풍백화점 붕괴 사고 당시의 장면이 먼저 겹쳐진다. 몸이 편찮은 상태였음에도 현장을 떠나지 않았다. 며칠 밤을 새우며 온몸으로 버텼다. 책임을 회피하려는 말들이 오갈 때도 그분은 조용히 자리를 지켰다. 섭섭함은 말 대신 소주 한 잔으로 넘겼다. 그 장면은 지금도 선명하다.

옳지 않은 일 앞에서는 늘 불같이 호통을 쳤다. 적당히 넘기거나 타협하는 법이 없었다. 회의 자리에서 윗사람의 잘못된 판단을 지적하는 것을 주저하지 않았다. 그 올곧음은 종종 융통성 없음으로 불렸고 때로는 항명이라는 말로 폄훼되기도 했다. 하지만 후배들은 알고 있었다. 그 고집이 무엇을 지키려는 것이었는지 그래서 더 속상했다. 그런 사람이 떠나야 하는 현실이 원망스러웠다. 남아 있는 우리가 감당해야 할 것은 업무만이 아니라 지켜지지 못한 기준에 대한 허탈감이었다. 시간이 흐를수록 그분의 이름은 단순한 상사가 아니라 하나의 기준으로 남았다.

지금에 와서야 더 분명해진다. 그분이 지키려 했던 것은 자리가 아니라 태도였다는 것을 옳지 않은 일에 침묵하지 않는 자세, 남에게 부끄럽지 않게 일하려는 마음이었다. 그래서 지금도 그분이 더욱 그립다.

10

친절과 원칙 사이에서

자신의 이름까지 내어주며 부하 직원을 지키려 했던 그분의 뒷모습은 내게 공직자의 품격이 무엇인지 깊이 각인시켜 주었다. 하지만 안에서 겪은 그 뜨거운 동료애와는 달리 사무실 밖에서 우리를 기다리는 세상은 그리 따뜻하지만은 않았다.

조직을 위해 스스로를 깎아내는 희생이 안에서의 미덕이었다면, 밖에서 마주하는 민원인들에게 공직자는 그저 무한한 인내와 친절을 베풀어야 하는 존재에 가까웠다. 국민의 봉사자라는 이름 아래 우리는 때때로 자신의 인격조차 잠시 내려놓아야 한다는 무언의 압박을 받곤 했다.

선배가 보여준 그 숭고한 헌신조차 무색하게 만들 만큼 현장에서 맞닥뜨리는 친절의 요구는 때로 비정하고 가혹했다.

공직사회에서 늘 따라붙는 말이 있다. 공무원은 친절해야 한다는 말이다. 그 말 자체를 부정할 생각은 없다. 문제는 그 친절이 어디까지를 의미하느냐는 데 있다. 터무니없는 주장과 노골적인 갑질 앞에서도 공무원은 무조건 고개를 숙이는 사람이 되어야 하는가 하는 질문이다.

민원 현장에는 다양한 사람이 온다. 정당한 권리를 요구하는 시민도 있고, 충분히 설명하면 이해하는 사람도 있다. 그러나 간혹 상식의 범위를 벗어난 요구를 하는 사람도 있다. 법과 제도를 무시한 채 자신의 사정을 앞세우고 요구가 받아들여지지 않으면 곧바로 불친절을 문제 삼는다. 업무 시간이 지난 뒤 찾아와 민원 처리를 요구하는 경우도 적지 않다.

관청의 업무 시간은 오전 9시부터 오후 6시까지다. 이는 공공기관과 시민 사이의 약속이다. 그 시간을 지켜 민원을 처리하지 않으면 왜 안 해주느냐는 항의가 돌아온다. 거절하면 불친절한 공무원이 되고 민원 제기가 이어진다. 조사 기관에 불려가 당시 상황을 하나하나 설명해야 하는 일도 생긴다. 물론 처리해 줄 수도 있다. 조금만 더 남아서 서류를 정리하면 그날로 끝날 일일지도 모른다. 그러나 그렇게 한 번 예외를 만들면 그것은 곧 기준이 된다. 다음번에는 왜 안 해주느냐는 질문이 돌아온다. 친절이 기준을 흐리고 기준이 흐려지면 행정은 감정 노동이 된다.

나는 종종 이런 생각을 했다. 은행 창구가 업무 시간이 지난 뒤 찾아온 고객의 요구를 들어주지 않는다고 해서 그 은행을 불친절하다고 말할 수 있을까? 정해진 시간을 지키는 것이 무책임이 아니라면 공공기관도 마찬가지여야 하지 않을까. 친절은 상대를 존중하는 태도이지 모든 요구를 받아들이는 행위는 아니다. 설명해야 할 것은 설명하고 거절해야 할 것은 분명히 거절하는 것 역시 공직자의 역할이다. 그 선을 지키지 못하면 친절은 곧 자기 부정이 된다. 그리고 그 부담은 고스란히 개인에게 남는다. 공직에서의 친절은 종종 오해된다. 미소를 지키는 일과 원칙을 포기하는 일이 같은 것으로 취급되기 때문이다. 그러나 원칙 없는 친절은 결국 모두를 지치게 만든다. 공무원도 시민도, 제도도 예외가 아니다.

11

펜을 내려놓으라는 그날의 호출

이렇게 외부에서 요구받는 무분별한 친절이 공직자의 인내를 시험했다면, 조직 내부에서 요구하는 무조건적인 침묵은 나의 소신을 시험대에 올렸다. 시민을 향한 정직한 목소리가 친절이라는 가면 뒤에 숨겨져야 했듯 내가 지면에 써 내려간 비평의 언어들 또한 조직이라는 거대한 성벽 안에서 위험한 도발로 간주되기 시작했다.

어린 시절 선생님의 따뜻한 격려와 칭찬이 어린 소년의 가슴에 글쓰기라는 작은 씨앗을 심어주었고 단어 하나에 담긴 의미를 배우며 시작된 나의 글쓰기는 성인이 되어 공직의 길을 걷는 동안에도 이어졌다. 나에게 글쓰기는 생각을 드러내는 행위이기 이전에 공직자로서 스스로의 판단을 점검하는 과정이었다. 행정이라는 제도가 시민의 삶과 맞닿는 지점에서 어떤 질문을 던질 수 있는지 그 질문을 외면하지 않기 위한 개인적인 기록이기도 했다.

공직에 몸담은 이후에도 나는 시민의 시선에서 정책과 제도를 바라보려 애썼고, 그 과정에서 주요 일간지에 20여 편의 비평 칼럼을 기고했다. 특정 사안을 공격하거나 내부를 드러내기 위한 글이 아

니라 정책이 현장에서 어떤 무게로 작동하는지를 차분히 짚어보려
는 시도이기도 했다. 글의 출발점은 언제나 개인의 경험과 시민의
일상이었다. 그러나 조직의 기준에서 공직자의 글은 개인의 생각으
로만 읽히지 않았다.

어느 날, 조사과에서 정치적 중립 위반이라는 서늘한 지적과 함
께 나를 조사실로 불러들였다. 조직은 그동안 나의 글을 훤히 들여
다보고 있었다. 조사관은 나의 칼럼들을 낱낱이 출력해 붉은 펜 끝
으로 문장의 행간을 파헤치며 숨은 의도를 추궁했다.

똑같은 훤히 보인다는 말이었지만 선생님의 창가에서는 소년의
가능성이 보였고, 조직의 창가에서는 오직 통제해야 할 위험만이
보였던 셈이다. 칭찬이 문장에 날개를 달아주었다면 그 차가운 질
책은 문장의 마디마다 얼마나 깊은 침묵이 고여 있어야 하는지를
아프게 가르쳐주었다.

조사실에서 마주한 질문들은 공직에서 표현이라는 행위가 어떤 해
석을 동반하는지를 분명히 보여주었다. 문장의 맥락이나 문제의식
보다는 공직자의 언어가 조직과 어떻게 연결될 수 있는지가 중심에
놓였다. 그 자리에서 나는 글을 쓴다는 일이 단지 생각을 밝히는 것
이 아니라 그에 따른 책임과 해석을 함께 감수하는 일임을 실감했다.

그 장면은 오래전 기억 하나를 불러냈다. 초등학교 교실에서 '훤
히'라는 단어를 문장으로 풀어 썼던 날 선생님은 내 노트를 들어 보
이며 말했다.

"단어의 뜻을 이렇게 정확히 이해했구나."

그 한마디는 글을 쓴다는 일이 세상을 더 분명하게 바라보는 일일 수 있다는 믿음을 심어주었다.

그러나 조사실에서 마주한 문장은 정반대의 의미로 되돌아왔다. 그곳에서 글은 이해의 도구가 아니라 관리와 통제의 대상이었고, 훤히 본다는 태도는 책임 있는 시선이 아니라 경계해야 할 위험으로 해석되었다. 같은 문장이었지만 한쪽에서는 가능성을 열어 주었고, 다른 한쪽에서는 침묵을 요구했다. 그 대비 앞에서 나는 글쓰기가 언제나 환영받는 행위는 아니며 공직의 언어는 때로 먼저 절제되어야 한다는 사실을 깨달았다.

그 일은 조직 안에서 쉽게 넘길 수 있는 문제가 아니었다. 그러나 공식적인 제재는 없었다. 다만 그 이후로 나는 더 이상 지면에 글을 싣지 않았다. 누구의 요구라기보다 공직이라는 자리가 스스로에게 요청하는 침묵의 방식이 무엇인지를 내가 감당해야 할 몫이라고 여긴 결정이었다. 그 시간 동안 나는 책임이라는 말이 규정이나 문장보다 훨씬 복합적인 의미를 지닌다는 사실을 다시 생각하게 되었다.

이제 나는 비평의 언어 대신 공직의 현장에서 지나온 시간들을 에세이의 형식으로 기록하고 있다. 성과로 남지 않았던 판단들과 설명되지 않은 선택들, 그리고 그 이후에 남아 있던 마음들에 대해 이 글들은 어떤 결론을 제시하기보다 공직이라는 자리에서 한 개인이 감당해야 했던 무게를 차분히 돌아보는 기록이다. 그것이 내가 글쓰기를 통해 끝까지 지키고자 하는 책임의 방식이다.

12

보고서가 목적이 되어버린 행정

조사과를 다녀온 뒤 스스로 선택한 침묵의 시간 동안 나는 행정의 본질을 다시 들여다보게 되었다. 지면을 통해 밖으로 던지던 질문들을 이제는 내가 매일 마주하는 서류와 보고서로 돌려보았다. 시민의 삶을 바꾸겠다던 약속들이 사무실 안에서는 어떤 형식과 도표 속에 정리되어 있는지 그 모습이 더 선명해졌다. 공직사회에서 보고서는 단순한 기록이 아니다. 때로는 판단보다 앞서고 내용보다 더 큰 힘을 가진다. 언제부터인가 보고서는 무엇을 결정하기 위한 도구라기보다 어떻게 보일 것인가를 증명하는 물건이 되었다.

그 출발점은 오래전으로 거슬러 올라간다. 권위주의 정부 시절 근대적 행정 체계와 함께 차트 중심의 보고 문화가 공직사회에 본격적으로 들어왔다. 수치와 도표로 정리된 보고 방식은 당시로서는 효율과 합리성을 상징했다. 문제는 그 방식이 목적이 아니라 형식으로 굳어졌다는 점이다. 차트는 판단을 돕는 수단이 아니라 잘 꾸며졌는지를 평가받는 대상이 되었다.

그 결과는 지금의 공직사회 곳곳에서 확인된다. 중앙부처에서 지방 말단 부서까지 보고서는 여전히 보기 좋게 만드는 데 많은 시간이 쓰인다. 핵심이 분명하고 빠르게 읽히는 문서인지보다 색상과 정렬, 표의 균형과 도형 배치가 먼저 검토된다. 내용보다 형식이 먼저 점검되고 판단보다 디자인이 앞선다.

공직사회에서 널리 사용되는 문서 작성 프로그램이 이런 문화를 더욱 고착화시켰다. 과도한 편집 기능, 필요 이상으로 세분화된 도형과 표 양식은 문서를 정리하기보다 꾸미는 데 집중하게 만든다. 보고서 한 장을 완성하는 데 실제 검토와 판단보다 도표를 맞추고 선을 고르고 문서를 꾸미는 데 시간이 더 오래 걸리는 장면은 낯설지 않다.

문제는 이 시간이 결코 공짜가 아니라는 점이다. 인사 업무를 담당하던 시절 직원들의 직무를 분석한 경험이 있다. 당시 정리한 자료에 따르면 불필요한 문서 꾸미기와 회의 준비 그리고 회의 대기와 반복 보고에 하루 평균 세 시간 이상이 소모된다는 결과가 나왔다. 이는 업무의 성격상 불가피한 시간이 아니라 하지 않아도 될 일에 쓰이는 시간이다. 흔히 말하는 가짜 노동이다.

회의 문화 역시 다르지 않다. 회의를 위해 보고서를 만들고 그 보고서를 설명하기 위해 회의를 연다. 회의가 끝나면 지적 사항을 반영한 자료를 다시 만들고 그 자료를 확인하기 위한 회의를 다시 잡는다. 결정은 늦어지고 책임은 흐려진다. 회의는 많아지지만, 판단은 늘어진다.

이런 구조에서 공직자는 시민을 만날 시간이 줄어든다. 현장을 볼 여유가 사라지고 문제를 직접 듣기보다 문서로 전해 받는다. 국민을 위해 써야 할 시간이 내부 절차를 유지하는 데 소비된다. 결국 행정의 에너지는 바깥이 아니라 안에서만 소모된다.

누군가는 이렇게 말했다. 공직자의 한 시간은 5,200만 시간의 가치가 있다고. 공직자가 한 시간을 어떻게 쓰느냐가 곧 국민 전체의 시간과 연결된다는 뜻이다. 그렇다면 그 시간을 표 꾸미기와 색상 맞추기에 써도 되는지, 반복되는 형식적인 회의 써도 되는지 묻지 않을 수 없다.

이 문화를 바로잡는 일은 기술의 문제가 아니다. 의식의 문제다. 관리자가 보고서를 볼 때 무엇을 먼저 보는지가 문화를 만든다. 차트의 정교함이 아니라 판단의 명확함을 묻고, 분량이 아니라 결론을 요구할 때 보고 문화는 달라진다. 회의의 횟수가 아니라 결정의 책임을 분명히 할 때 회의는 줄어든다.

보고서는 예쁘지 않아도 된다. 대신 정확해야 한다. 회의는 많지 않아도 된다. 대신 결론이 있어야 한다. 공직사회가 이 단순한 원칙으로 돌아가는 일은 작아 보이지만 매우 중요한 정부 혁신이다. 불필요한 시간을 걷어내는 것만으로도 공직자는 다시 국민을 향해 일할 수 있다. 나는 현직에 있을 때 이 문제를 늘 마음에 두고 있었다.

바뀌지 않는 관행 앞에서 개인이 할 수 있는 일은 많지 않았지만 적어도 무엇이 본질인지 잊지 않으려 애썼다. 공직의 신뢰는 화려한 차트가 아니라 제대로 쓰인 시간에서 나온다는 사실을 알고 있었기 때문이다. 보고서가 일을 대신하는 순간 행정은 길을 잃는다. 이제는 다시 일이 보고서를 이끄는 자리로 돌아가야 한다.

13

인사철의 풍경, 달라지는 공기

　내용보다 형식이, 실효성보다 매끈한 문장이 앞서는 보고서의 세계에서 우리는 종종 본질을 놓친다. 정성껏 다듬은 종이 뭉치들이 책상 위를 유령처럼 떠도는 사이 그 종이를 만드는 사람들의 마음은 이미 다른 곳을 향해 술렁인다.

　보고서의 행간을 채우는 미사여구보다 더 치열하고 어떤 정책 논리보다 더 본능적인 움직임이 수면 위로 올라오는 시기가 바로 인사철이다. 세련된 보고서 뒤에 숨겨두었던 공직자들의 민낯과 욕망, 그리고 서운함과 기대가 교차하는 시간은 매끈하게 다듬어진 행정의 이면을 여실히 드러낸다. 화려한 보고서가 채워주지 못하는 공직사회의 진짜 민낯은 인사를 앞둔 복도의 서성임 속에 있었다.

　인사철이 다가오면 사무실 분위기는 미묘하게 달라진다. 공식 발표는 없지만 사람들은 이미 움직이고 신경은 곤두서 있다. "이번에 어디로 가세요?"라는 질문은 오가지만 대답은 늘 조심스럽다. 인사철의 대화는 정보 교환이 아니라 신중한 회피에 가깝다. 말하는 것보다 말하지 않는 것이 훨씬 많은 시기다.

사람들은 자신의 생각을 감춘 채 남의 방향을 살핀다. 누가 어디로 가는지보다 누가 빠질지가 더 중요하다. 겉으로는 평소와 다르지 않지만 속으로는 모두 계산기를 두드린다. 인사는 아직 오지 않았는데, 긴장은 먼저 시작된다.

공무원은 한 자리에 오래 머물 수 없다. 순환보직이라는 제도 아래 근무 연한이 다가오면 떠날 준비를 해야 한다. 남고 싶다고 남을 수 없고, 가고 싶다고 갈 수 있는 것도 아니다. 인사는 늘 제한된 선택지 안에서 결정된다. 그래서 사람들은 정보를 모은다. 어느 자리가 근무 평점을 받기에 유리한지, 어떤 업무가 승진에 도움이 되는지, 그 대화는 회의보다 더 치열하다.

좋은 보직의 기준은 일이 적은 자리가 아니다. 평가에서 성과를 드러내기 쉽고 상급자의 눈에 띄기 쉬운 자리다. 승진의 가능성이 조금이라도 높아지는 곳이라면 그 자리를 차지하기 위한 경쟁은 조용히 시작된다. 겉으로는 모두 담담한 얼굴을 하지만 물밑에서는 전화가 오가고 관계가 움직인다. 인사는 제도라 하지만 그 시기만큼은 평점과 타이밍이 더 크게 작용하는 듯 보인다.

경쟁은 때로 체면을 벗는다. 원칙을 말하던 사람도 말을 줄이고 누군가는 평가권자의 곁을 자주 맴돈다. 성과를 드러내기 어려운 자리는 마지막까지 남는다. 민원이 많고 책임은 크지만 점수로 환산되기 어려운 자리. 그래서 인사철의 공기는 더욱 날카로워진다.

인사가 나면 사무실은 다시 재편된다. 전출자가 떠난 자리에 새 사람이 오고, 가장 먼저 오가는 말은 환영이 아니라 업무분장이다.

모두 웃고 있지만 속으로는 계산이 바쁘다. "업무 조정이 필요합니다"라는 말이 자주 등장하고, 골치 아픈 일은 외곽으로 밀린다. 기싸움은 조용히 진행되지만 결과는 분명하다.

그 과정에서 늘 확인하는 사실이 있다. 사람은 바뀌어도 일은 줄지 않는다. 이름표만 달라질 뿐 서류는 그대로 남아 있다. "금방 익숙해질 겁니다"라는 말과 함께 책임은 조용히 넘어간다.

순환보직은 당연한 전제로 받아들여진다. 그 제도가 과연 언제나 최선인지에 대해서는 인사철마다 생각하게 된다. 한 자리에 오래 머물면 일은 관성에 익숙해지고, 사람은 그 관성에 기대게 된다. 익숙함이 편의로 변하고 그 편의가 관행이 되는 순간 조직의 판단과 대응은 느려진다. 순환은 그런 흐름을 끊기 위한 장치다. 새로운 사람이 오면 익숙함 속에 가려졌던 문제들이 다시 보이기 시작한다.

그러나 그 대가는 작지 않다. 업무가 손에 익고 상황 판단이 빨라지고 이제야 능률이 붙는 시점에 사람은 다시 자리를 옮긴다. 새로 온 사람은 같은 설명을 다시 듣고 같은 실수를 반복하며 같은 시행착오를 겪는다. 조직은 늘 새 사람을 맞이하고, 그 사람은 이제 좀 알겠다는 순간에서 다시 처음을 반복한다. 순환은 정체를 막지만, 동시에 축적을 어렵게 만든다

공직에서 가장 오래 남는 것은 사람이 아니라 일이라는 사실을 나는 뒤늦게 깨달았다. 사람은 떠나고 돌아오지 않지만 일은 자리를 지키며 다음 사람을 기다린다. 인사는 순환되지만, 책임은 순환되

지 않는다. 그래서 사무실에는 늘 누군가의 자리가 비어 있는 것처럼 느껴진다. 그 빈자리는 사람이 없어서 생기는 것이 아니다. 사람이 너무 쉽게 바뀌기 때문에 생기는 자리다. 그리고 그 자리를 채우는 것은 언제나 남은 사람의 몫이다.

14

회의는 끝났지만, 결정은 없었다

인사철의 소란스러운 풍경이 지나가고 나면 사무실의 이름표는 바뀌어도 책상 위의 서류는 유령처럼 그 자리를 지키고 서 있다. 새로 부임한 이들은 서둘러 업무를 익히고 스스로의 역할 범위를 정하지만, 그 범위 안에서 마주하는 것은 매끈한 보고서가 해결해주지 못하는 지독한 현실의 갈등들이다.

인사가 정체된 조직의 흐름을 바꾸는 순환의 장치라면 그 순환의 끝에서 우리가 증명해야 할 것은 결국 결정의 역량이다. 하지만 책임은 순환되지 않고 오직 남은 자의 몫으로 남기에 우리는 종종 결정이라는 무거운 짐 앞에서 머뭇거리곤 한다. 서류상으로는 완벽하지만 현실에서는 아무것도 해결하지 못하는 무난한 처리라는 이름 뒤에 숨겨진 공직사회의 또 다른 민낯을 마주할 때가 바로 그때이다.

민원은 간단해 보였다. 주택가 골목에 있는 소형 상가 건물 1층 음식점에서 새벽까지 환풍기를 가동하면서 발생하는 소음과 냄새 문제였다. 인근 주민들은 여름이면 창문을 열 수 없다고 했고 밤에는 기계음 때문에 잠을 설치기 일쑤라고 했다. 몇 달 사이 같은 내용의 민원이 반복해서 접수됐다. 현장 점검 결과 환풍기는 불법 설치는 아니었지만 기준선에 가까운 소음을 내고 있었다.

문제는 선택이었다. 법대로 하면 즉시 시정 명령을 내리기에는 애매했고 아무 조치도 하지 않기에는 주민 피해가 분명했다. 결국 행정이 결정해야 할 것은 하나였다. 기준선에 걸쳐 있는 이 사안을 형식적 합법으로 볼 것인가, 생활 침해로 볼 것인가였다. 첫 번째 회의는 소회의실에서 열렸다. 환경 담당, 위생 담당, 건축 담당이 모두 참석했다. 각 부서는 자기 몫의 말을 정확히 했다.

"측정 결과 기준 초과는 아닙니다. 영업 허가 조건에는 문제없습니다. 구조 변경을 강제하기는 어렵습니다."

틀린 말은 없었다. 그러나 그 말들이 이어질수록 결론은 점점 멀어졌다. 누군가가 주민 피해가 명확하니 개선을 요구해야 하지 않겠느냐고 말했지만, 곧바로 다른 말이 이어졌다. 법적 다툼 소지가 있습니다. 행정 처분으로 가면 소송 가능성도 배제할 수 없습니다. 회의는 결국 추가 검토로 마무리됐다.

며칠 뒤 주민의 전화가 다시 왔다.

"회의는 하셨다면서요? 그래서 어떻게 된 겁니까?"

담당자는 같은 말을 반복했다.

"아직 검토 중입니다."

주민의 목소리는 점점 날카로워졌다.

"법에만 맞으면 주민은 참으라는 겁니까?"

그 질문에 즉답할 수 있는 사람은 없었다.

며칠 뒤 새벽 두 시, 당직실에서 전화가 왔다. 해당 음식점 앞에서 주민과 업주가 크게 충돌했고 경찰이 출동했다는 연락이었다. 현장에 도착했을 때 골목은 이미 잠에서 깨어 있었다. 창문마다 불이 켜져 있었고, 주민 몇 명이 잠옷 차림으로 내려와 있었다. 한 중년 여성이 말했다.

"법이 우리 수면권은 책임져 줍니까?"

업주는 억울하다는 표정이었다. 기준을 지켰고 허가받은 영업이라고 했다. 주민은 밤마다 고통이라고 했다. 두 사람의 말은 모두 맞았고, 그래서 더 해결하기 어려웠다.

두 번째 회의에서는 문서가 더 두꺼워졌다. 법률 검토 의견이 추가됐고, 유사 판례가 첨부됐다. 문장은 더 조심스러워졌다. '가능함'은 '가능할 여지 있음'으로 바뀌었고, '권고'는 '행정지도 검토 가능'으로 수정됐다. 결정의 언어는 사라지고, 책임을 분산시키는 표현만 늘어났다. 그 사이 업주는 구청을 찾아왔다.

"장사 접으라는 겁니까?"

그는 기준을 지켰다고 주장했고 투자 비용도 들먹였다. 그 말 역시 틀리지 않았다. 행정은 어느 쪽을 선택하든 누군가를 불편하게 만들어야 했다. 그래서 선택은 다시 미뤄졌다.

결국 내려진 조치는 자율 개선 요청이었다. 강제력 없는 공문 한 장이 나갔다. 업주는 형식적으로 응답했고 환풍기 각도를 조금 바꿨다. 소음은 줄지 않았다. 주민 민원은 더 이상 들어오지 않았다.

해결돼서가 아니라 포기했기 때문이다. 행정 기록에는 이렇게 남았다.

'민원 처리 완료. 행정 지도 실시.'

그 문장을 보고 나는 한동안 화면을 바라봤다. 절차는 모두 지켰고, 위법도 없었다. 소송도 없었다. 내부적으로는 무난한 처리였다. 그러나 그 사이 누군가는 여전히 창문을 닫고 살고 있었다.

그로부터 얼마 지나지 않아 이번에는 감사 담당 부서에서 연락이 왔다. 민원인이 이 결정에 불복해 감사를 요청했다는 것이었다. 제목은 '소음 민원 처리 부당에 대한 감사 요청'이었다. 민원 처리 과정 전반과 강제 조치 없이 행정지도로 종결한 판단이 문제로 제기돼 있었다. 그 순간 이 사안은 더 이상 생활 민원이 아니라 감사 대상 가능 사안으로 성격이 바뀌었다.

이후 회의의 초점도 달라졌다. 해결 방안을 논의하던 자리는, 이 판단이 감사에서 어떻게 보일 것인가를 따지는 자리로 변했다. 누군가는 왜 더 강하게 조치하지 않았느냐는 질문을 받을 수 있다고 했고, 다른 누군가는 왜 기준 이하인데 조치를 했느냐는 지적을 걱정했다. 감사 요청이 들어온 사안에 새로운 결정을 덧붙이는 것은 위험하다는 판단이 공유됐다. 그 순간부터 결정은 완전히 멈췄고, 행정은 문제를 해결하는 조직이 아니라 과거 기록을 방어하는 조직이 되어 있었다.

돌이켜보면 그 회의에서 아무도 비겁하지 않았다. 모두 제 역할을 했고 법을 벗어나지 않았다. 문제는 그 역할들이 모였을 때 아무도 책임지지 않는 구조가 만들어졌다는 점이었다. 결정을 하지 않는 것이 가장 안전한 선택으로 작동하는 순간 행정은 문제를 해결하지 않고 시간을 통과시키는 조직이 된다.

나는 그 회의에서 결정을 요구하지 않았다. 구조를 이해한다는 이유로 분쟁을 키우지 않는 것이 최선이라고 스스로를 설득했다. 지금 와서야 깨닫는다. 그날의 추가 검토는 중립이 아니라 선택이었다. 아무도 서명하지 않았지만, 누군가는 불편을 떠안게 되는 선택이었다. 회의는 끝났고 결정은 없었다. 대신 조용한 불편이 남았다. 그리고 그 불편은 회의실 안에 있던 누구의 것이 아니었다.

15

결재선 밖에서 드러난 제도의 한계

인사철의 소란함이 잦아들고 나면 각자의 이름표가 바뀐 자리에는 다시 무거운 정적이 내려앉는다. 승진과 영전, 혹은 누락의 기쁨과 안타까움이 교차하는 그 짧은 소동은 결국 시스템이 정한 규칙에 의해 모든 것이 제자리를 찾아가는 과정이기도 했다. 공직사회는 늘 그렇게 정해진 매뉴얼과 인사 규정이라는 단단한 틀 안에서 안전하게 굴러가는 듯 보였다.

하지만 매끄럽게 닦인 그 행정의 궤도 위에서도 가끔은 법과 규정의 문장만으로는 도저히 설명할 수 없는 삶의 무게가 불쑥 끼어들곤 한다. 인사 발령지에 적힌 이름 석 자보다 더 무거운 한 사람의 생존이 걸린 절박한 목소리를 마주할 때가 오는 것이다.

그날의 민원도 시작은 여느 때와 다름없는 평범한 전화 한 통이었다. 목소리는 낮았고 말은 조심스러웠다. 다만 문장 끝마다 망설임이 묻어 있었다. 상대는 이미 여러 번 같은 설명을 들은 사람처럼 보였다. "안 된다는 말은 들었습니다"라는 말이 먼저 나왔다. 그 말이 나왔다는 것은 그가 이미 같은 설명을 몇 차례 들었고, 그 과정에서 기대를 하나씩 내려놓았다는 뜻이기도 했다.

사안은 익숙했다. 재개발 예정 구역 안에 있는 다가구 주택의 세입자 문제였다. 철거 일정은 이미 확정돼 있었고 보상 대상자는 토지나 건물의 소유주로 한정되어 있었다. 세입자에게 돌아갈 수 있는 지원은 임시 거처 알선 정도였다. 그마저도 조건이 있었다. 하지만 행정의 눈으로 본 그는 보상 대상자도, 이주 대책 대상자도 아니었다. 서류상 자격 미달이었다. 제도 안에서는 더 이상 넘어설 수 없는 경계에 놓여있었다. 예외 조항도 해석의 여지도 없었다. 민원 창구에서 규정을 설명하고 이해를 구하고 필요하면 안내문을 건네는 것으로 끝낼 수 있는 사안이었다. 그날도 그렇게 끝날 수 있었다.

그가 사무실로 찾아온 것은 그 다음이었다. 문을 열고 들어오는 모습이 유난히 조심스러웠다. 손에는 오래된 서류철 하나가 들려 있었다. 낡은 공과금 고지서 몇 장 아이 이름이 적힌 학교 서류 같은 것들이 들어 있었다. 그는 그것들을 하나씩 꺼내 테이블 위에 놓았다. 마치 그 종이들이 자신의 삶을 대신 설명해 주기를 바라는 것처럼 보였다.

"이걸로는 안 된다는 거 압니다. 그래도… 애들 때문에요."

그는 하소연도, 큰 소리도 내지 않았다. 다만 그 한 문장에 담긴 삶의 무게가 사무실의 공기를 무겁게 눌렀다.

그제야 그의 사정이 조금씩 드러났다. 엄마 없이 홀로 중학생과 초등학생 두 아이를 키우며 살아온 아빠였다. 재개발 소식이 처음

들렸을 때 그는 이사를 고민했지만, 아이들 학교 문제와 생계 때문에 쉽게 결정을 내리지 못했다고 했다. 결국 철거 일정이 코앞에 닥쳐서야 급하게 알아봤고 그는 이미 결론을 알고 있었다. 그럼에도 이 자리에 왔다는 사실이 마음에 걸렸다. "그래도 혹시… 애들 때문에요." 그 말이 끝이었다. 동료들의 조언은 단호했다.

"규정대로 하세요."

"괜히 무리해서 도와줬다가 나중에 감사 나오면 본인이 다 책임져야 합니다."

"이 사정 저 사정 다 봐주기 시작하면 행정은 마비됩니다."

모두 틀린 말이 아니었다. 행정에서 가장 안전한 길은 규정이 없다는 방패 뒤로 숨는 것이고 그것은 공직자에게 가장 합법적인 책임 회피의 방식이기도 하다.

규정을 다시 설명하면 이 대화는 끝난다. 그러나 설명을 멈추고 다른 길을 찾는 순간 나는 분명 선을 넘게 된다. 감사, 조사, 형평성, 선례, 공직에 몸담으며 귀에 박히도록 들어온 단어들이 머릿속을 스쳤다. 그 모든 단어는 같은 방향을 가리키고 있었다.

'하지 말라.'

며칠 뒤 사실관계 확인 차원에서 그의 집에 들렀다. 골목 안쪽에 있는 오래된 다가구 주택이었다. 계단을 오르는 동안 전구 몇 개는 꺼져 있었고 벽지는 여기저기 들떠 있었다. 문을 열자 바로 방 하나와 부엌이 붙어 있는 구조가 보였다. 아이들 책가방이 벽에 걸려 있었고 식탁 위에는 급하게 먹다 만 듯한 반찬 몇 가지가 놓여있었다.

아이들의 책가방에 내 시선이 오래 머물렀다. 그리고 나는 결심했다. 규정의 틀 안에 갇히기보다 법의 정신을 억지스럽게라도 끌어내어 통로를 만들기로 그날부터 나는 규정의 가장 바깥선 즉 해석의 임계점을 찾아 헤맸다. 사실상 예외에 가까운 적용을 위해 문장들을 비틀고 끼워 맞췄다. 사회복지 부서 담당자를 붙잡고, "규정상 어렵다는 건 저도 알지만, 아이들 문제입니다"라며 공문서에는 적지 못할 간청을 쏟아냈다. 그것은 냉철한 행정가의 판단이라기보다 한 사람의 이웃으로서 내린 무모할지도 모르는 결단에 가까웠다.

결국 드라마틱한 반전은 아니었지만, 그들에게 임시 거처가 마련되었다는 소식을 들었다. 그는 사무실을 떠나며 내게 고개를 깊이 숙였다.

"정말… 감사합니다."

짧은 그 한마디가 화려한 정책의 성과보다 훨씬 더 묵직하게 내 공직의 책임감 위에 깊은 흔적으로 남았다.

그날 밤 혼자 텅 빈 사무실에 앉아 스스로에게 물었다. 나는 공직자로서 감정에 휘둘린 것인가, 아니면 마땅히 해야 할 책임을 다한 것인가. 스스로에게 같은 질문을 여러 번 던졌다. 확신은 끝내 오지 않았다. 다만 한 가지는 분명했다. 그날 아무것도 하지 않았다면 나는 당장은 더 편했을지 모른다. 그러나 그 편안함이 오래가지는 않았을 것이라는 생각만은 또렷했다.

나는 안다. 행정은 많은 사람을 위해 만들어진 제도지만 그 제도가 한 사람의 삶 앞에서 너무 단단해질 때 누군가는 자신의 안전을 담보로 그 틈을 벌려야 한다는 것을. 그날의 흔들림을 후회하지 않는다. 그 불안이야말로 내가 공직자로서 가져야 할 가장 정직한 온도였음을 이제는 믿는다.

시간이 꽤 흐른 뒤에도 그날을 종종 떠올린다. 규정을 무너뜨린 날이 아니라 규정의 바깥을 잠시 바라본 날로 행정은 많은 사람을 위한 제도다. 그러나 때로는 그 단단함을 잠시 느슨하게 하지 않으면 한 사람의 삶이 그 틈에서 사라질 수도 있다. 그때 누군가는 불안을 감수하고 한 걸음 옆으로 서야 한다.

다시 그날로 돌아간다면 나는 같은 선택을 할 것이다. 그 선택이 옳았는지 확신할 수는 없다. 다만 그날의 불안과 흔들림을 감수하지 않았다면 지금 이 책에서 책임과 행정을 말할 자격도 없었을 것이다. 행정은 기록으로 남는 일보다 기록되지 않는 선택으로 기억되는 순간이 있다. 그날은 분명 그런 날이었다.

16 ———

그해 여름, 재난 속에서 짊어진 책임

민원인 한 사람의 삶을 지키기 위해 규정의 바깥 선을 넘나들며 고군분투했던 기억은 내게 사람을 향한 행정의 따뜻함을 가르쳐주었다. 하지만 그 온기가 채 가시기도 전에 세상은 훨씬 더 거대하고 차가운 시험대를 내 앞에 가져다 놓았다.

한 사람을 위해 선을 넘는 법을 고민하던 나는 얼마 지나지 않아 수만 명을 지키기 위해 누군가의 삶에 강제로 선을 그어야만 하는 가혹한 현실을 마주하게 된 것이다. 개인의 사연을 들어줄 여유조차 허락하지 않는 국가적 재난의 공포. 그것은 메르스라는 낯선 이름으로 우리 일상의 문턱을 넘어오고 있었다.

2015년의 여름은 유난히 뜨거웠다. 하지만 그해의 열기는 계절 때문이 아니라 보이지 않는 공포가 도시를 잠식했기 때문이었다. 그날 이후 나의 일상은 마스크 속 가쁜 숨소리로 재편되었다. 평소라면 민원인들과 마주하며 서류를 넘기던 손에는 이제 소독액과 자가격리자 명단이 들려 있었다.

사무실에 들어서자 공기가 달랐다. 조용했지만 안정된 침묵은 아니었다. 컴퓨터 화면마다 같은 내용이 떠 있었다. 확진자 수, 이동 동선, 병원 이름. 전화벨은 울렸다가 끊어지기를 반복했고, 아무도 먼저 받으려 하지 않았다.

"또 나왔답니다."

누군가 조용히 말했다.

이어 팀장의 전화가 울렸고, 그는 통화를 마치자마자 고개를 들었다.

"현장에 나가야 합니다."

그 말에 몇 사람이 동시에 숨을 들이켰다.

메르스는 더 이상 뉴스 속 단어가 아니었다. 방역은 보건 부서의 일이고 행정 파트에서는 지원만 하면 된다고 여겼던 구분은 이미 무너져 있었다. 확진자의 동선은 도시 전체로 퍼지고 있었고, 행정의 경계도 함께 흐려지고 있었다.

병원의 풍경은 흡사 전쟁터 같았다. 응급실 입구에는 거대한 음압 텐트가 세워졌고 하얀 방호복을 입은 의료진들이 그 너머를 분주히 오갔다. 병원 출입은 통제되어 보호자들은 문 앞에 몰려 있었다.

"안에 우리 아버지 있어요. 왜 우리는 못 들어가게 합니까!"

설명은 통하지 않았다. 격리는 설득의 문제가 아니라 공포의 문제였다.

그날 우리가 내려야 했던 판단은 명확했다. 확진자와 동선이 겹친 병동 전체를 즉시 폐쇄하고 의료진과 보호자를 포함한 접촉자 전원을 격리 대상에 포함시키는 것. 법과 매뉴얼에 따른 결정이었지만, 그 결과는 숫자로 끝나지 않았다.

오후가 되자 상황은 더 악화됐다. 병원에서 근무하던 간호사 한 명이 쓰러졌다는 보고가 들어왔다. 확진 여부는 확인되지 않았지만 같은 병동 근무자라는 이유만으로 즉시 격리 대상이 되었다. 들것에 실려 나가며 그가 말했다.

"저 오늘 아이 어린이집 데려가야 하는데요."

누군가 "지금 그게 중요한 게 아닙니다"라고 했지만, 그 말은 아무도 위로하지 못했다.

그날 저녁, 부서 단체방에 메시지가 올라왔다.

"도시안전과 직원 1명, 병원 접촉자로 자가격리."

사무실이 술렁였다. 그 직원은 아침에 나와 같은 커피를 마시던 사람이었다. 같은 문을 열었고, 같은 엘리베이터를 탔다. 그럼 우리도 대상 아닙니까? 누군가 물었지만, 누구도 확답하지 않았다. 침묵이 이미 답이었다.

밤이 깊어지자 집으로 돌아가지 못한 사람들이 생겼다. 가족을 위험에 빠뜨릴 수 없다는 이유였다. 사무실 한쪽에 임시로 의자를 붙여 누웠다. 새벽 무렵 첫 사망자 소식이 전해졌다. 같은 병원이었다. 그 순간 이후 분위기는 완전히 달라졌다. 이제 이 일은 관리의 문제가 아니라 생사의 문제가 되었다. 보고는 더 빨라졌고 지시는 더 단호해졌다.

"왜 그때 병동 전체를 격리하지 않았습니까?"

"이 판단 누가 내린 겁니까?"

질문은 위로 올라갔고 책임은 아래로 내려왔다. 결정은 회의에서 내려졌지만, 설명은 현장이 해야 했다.

감염 상황이 조금 수그러들던 어느 날 격리 중이던 한 고령의 어르신이 자녀의 결혼식을 앞두고 병동에 갇힌 처지를 비관하며 식음을 전폐하고 있다는 소식이 전해졌다. 규정대로라면 외부 물품 반입은 엄격히 제한되어 있었다. '외부 물품 반입 금지, 예외 없음.' 그대로 따르면 판단은 끝이었다. 하지 않는 선택이 가장 쉬운 길이라는 사실을 그때도 알고 있었다. 그러나 나는 규정의 행간에서 사람을 읽었다.

규정의 범위를 벗어나지 않는 선에서 가능한 선택을 했고, 방역 지침을 철저히 준수한 상태에서 가족들이 미리 찍어둔 신부의 드레스 피팅 사진과 짧은 영상이 담긴 태블릿 PC를 여러 차례 소독해 병동 안으로 전달했다.

태블릿 화면이 켜지자 어르신의 시선이 천천히 움직였다. 화면 속에서 딸이 웃고 있었고, 어르신은 아무 말 없이 그 모습을 바라보았다. 잠시 후 마른 눈가에 눈물이 흘렀다. 나는 그 장면을 보며 내가 감당하려 했던 것의 무게를 비로소 느꼈다. 그 눈물은 연민을 자극하는 장면이 아니라 판단의 결과가 도착했음을 알리는 신호처럼 다가왔다. 방호복을 입고 유리창 너머로 그 영상을 함께 지켜보던 순간 어르신의 눈물은 그 어떤 행정적 결정보다 더 분명하게 내린 결과였다. 그것은 국가가 시민에게 줄 수 있는 가장 낮은 자리에서의 작은 응답이었다.

공직사회 내부에서도 피로감은 극에 달해 있었다. 그러나 식당에서 마주친 동료들은 말없이 서로의 안위를 걱정하고 위로했다. 알아주는 이 없어도 이 아수라장 속에서 시스템이 멈추지 않게 붙들고 있는 것이 우리의 소명임을 모두 알고 있었다. 메르스가 지나간 자리에 남은 것은 화려한 승전보가 아니었다. 그것은 누군가의 평온한 일상을 지키기 위해 기꺼이 자신의 일상을 반납했던 의료진들과 익명의 공직자들이 남긴 책임의 흔적이었다.

나는 다시 민원실로 돌아와 낡은 수첩을 펼쳤다. 그곳엔 여전히 지켜야 할 약속들이 가득했다. 재난은 예고 없이 오지만 그 재난을 버텨내게 하는 힘은 거창한 구호가 아니라 창구 너머 시민의 손을 놓지 않으려는 공직자들의 단단한 마음에서 시작된다는 것을 나는 그 뜨거웠던 여름의 병원 풍경 속에서 배웠다.

우리는 늘 책임을 말하지만, 재난의 한복판에서 마주한 책임은 달랐다. 그것은 설득이 아닌 격리였고 연민이 아닌 단절이었다. 전체를 살리기 위해 부분의 희생을 결정해야 하는 순간마다 공직자의 선택은 늘 서늘한 칼날 같았다. 누군가의 삶에 선을 긋는 일은 가혹한 선택이었지만, 그 판단의 무게를 끝까지 감당하는 것만이 시스템을 유지하는 방법이었다. 그 선택 앞에 정직하게 서는 것, 그것이 내가 배운 책임의 마지막 모습이었다.

17

바다는 돌아왔지만, 아버지는 돌아오지 않았다

방역의 최전선에서 누군가의 일상을 끊어내며 그것이 모두를 위한 책임이라 믿었던 시간, 정작 내 삶의 가장 소중한 좌표는 조용히 지워지고 있었다. 타인의 안부를 확인하느라 내 뿌리인 아버지의 저무는 시간은 끝내 충분히 바라보지 못했다. 그때는 몰랐다. 시민의 하루를 지키며 살아온 삶이 결국 한 사람의 아들로서 남게 될 후회와 맞닿아 있다는 것을 너무 늦게서야 깨닫게 되었다.

박봉에 시달리며 근근이 생활하던 시절, 월급은 늘 빠듯했고 통장 잔고는 매달 되풀이되는 뺄셈 같았다. 공과금을 내고 남은 빠듯한 돈으로 다음 달까지 버텨야 했던 날들, 나는 그 빠듯한 계산 속에서 겨우 하루하루를 견디고 있었다. 그러는 동안 나는 가장 가까운 사람의 시간을 놓치고 있었다.

그 무렵 나는 민원과 문서 속에서 수많은 시민의 하루를 마주했다. 짧은 행정의 문장 하나가 무심코 찍은 도장 하나가 누군가의 삶을 흔드는 것을 보며 공적인 약속이 얼마나 무거운 것인지 뼈저리게 실감했다. 그런데 그렇게 남의 사정을 꼼꼼히 들여다보며 신뢰를 쌓으려 애쓰는 동안 정작 내 가장 가까운 사람과의 약속은 자꾸만 뒤로 밀려났다. 나는 아버지께 소홀했고 정직하지 못했다.

아버지는 어부였다. 새벽이면 늘 바다로 나가셨고 해가 뜨기 전부터 하루를 시작하셨다. 어둠이 아직 물 위에 남아 있을 때 아버지는 말없이 배를 밀어내곤 했다. 말보다 먼저 움직이는 사람이었다. 바다는 늘 차가웠고 삶은 늘 거칠었지만, 아버지는 그 거친 시간 속에서 한 번도 요란하게 자신을 내세우지 않았다. 거친 손에는 소금기와 시간이 배어 있었다. 그 손은 그물의 매듭을 풀고 가족의 끼니를 이어주던 손이었다.

저녁 무렵 돌아오던 아버지의 모습이 문득 떠오른다. 비린내가 옷에 배어 있었고 피곤한 얼굴로도 말없이 밥을 드시던 모습 아버지의 삶은 단순했다. 많이 말하지 않았고 많이 바라지도 않았다. 그저 정직하게 일하고 가족을 먹여 살리는 일에 하루를 다 쓰는 사람이었다. 나는 그 고단함이 당연한 줄 알았다. 그 시간이 끝나지 않을 줄 알았다.

부모는 늘 거기에 있는 존재처럼 느껴진다. 언제든 돌아가면 만날 수 있을 것 같고 언제든 마음을 전하면 닿을 것 같다. 그래서 사람은 가장 가까운 것을 가장 늦게 챙긴다. 나는 늘 생각했다. 조금만 더 안정되면 조금만 더 여유가 생기면 그때는 자주 찾아뵙고 잘해드리겠다고. 그러나 공직의 시간은 좀처럼 여유를 허락하지 않았다. 일은 끝나지 않았고 책임은 늘 다음 안건으로 넘어갔다. 나는 시민의 하루를 챙기느라 내 아버지의 하루는 계속 뒤로 미뤄두었다. 아버지의 시간은 민원처럼 급하게 울리지 않았고 항의 전화처럼 거칠지도 않았다. 그저 조용히 말없이 흘러갔다.

그래서 나는 더 쉽게 미뤘다. 침묵은 늘 기다림처럼 보였고 기다림은 영원으로 착각 했다. 그러던 어느 날 예고 없이 부고가 날아왔다. 아버지가 갑자기 돌아가셨다는 말은 너무 짧았다. 그 문장이 현실이 되기까지 시간이 필요했다.

창밖으로는 겨울 들판이 무심하게 지나갔다. 논은 비어 있었고 나무들은 말이 없었다. 기차가 남쪽으로 내려갈수록 공기에는 바다 냄새가 섞인 듯한 착각이 들었다. 아버지가 평생 마주했을 물빛과 새벽마다 견뎌냈을 찬바람이 창밖 저편에 조용히 깔려 있는 것만 같았다. 나는 그제야 알 것 같았다. 아버지의 삶은 늘 저렇게 말없이 흘러가고 있었는데 나는 너무 늦게서야 그 흐름을 바라보고 있다는 것을. 내가 공적 신뢰를 말하면서도 정작 가장 소중한 사람과의 계약은 일방적으로 파기해왔다는 사실을.

장례식장의 영정 사진 속 아버지는 여전히 말없이 웃고 있었다. 그제야 깨달았다. 부모의 침묵은 기다림이었고 그 기다림은 영원하지 않다는 것을. 옛말에 이르기를 樹欲靜而風不止(수욕정이풍부지, 나무는 고요하고자 하나 바람이 그치지 아니하고), 子欲養而親不待(자욕양이친부대, 자식은 봉양하고자 하나 부모는 기다려주지 않는다). 그 문장은 이미 늦어버린 후회 위에서야 비로소 내 가슴에 날카롭게 박혔다. 부모의 기다림은 말이 없고 자식의 후회는 언제나 늦게 도착한다.

삶은 다시 이어질 것이다. 나는 다시 일상으로 돌아가 또 다른 책임의 자리로 갈 것이다. 그러나 어떤 시간은 돌아오지 않는다. 바다는 매일 돌아왔지만, 아버지는 돌아오지 않았다. 늦게 도착한 마음은 끝내 전할 곳을 잃고 말았다.

18

사무실에서 쓰러진 날, 몸이 먼저 보낸 경고

바다는 매일 돌아왔지만, 아버지는 끝내 돌아오지 않았다. 상실의 무게를 가슴에 묻은 채 돌아온 일터는 여전히 슬픔보다 수치와 서류가 우선인 곳이었다. 시민의 발이 멈추지 않게 하려고 내 삶의 울타리를 무리하게 넓혀가는 동안 과열된 책임감은 결국 내 몸을 먼저 태워버리고 있었다. 타인을 살피느라 나 자신을 잃어버렸음을 깨달은 것은 사무실 바닥에 쓰러져 차가운 천장을 마주한 뒤의 일이었다.

서울시청 버스정책과에서 근무하던 시절 나는 하루 대부분을 민원 속에서 보냈다. 버스 기사, 버스회사, 조합, 유관 단체의 전화와 방문은 끊이지 않았다. 낮 시간은 민원 대응으로 소진되었고, 정책 검토와 문서 작업은 늘 저녁 여섯 시 이후로 밀렸다. 고유 업무는 야근의 몫이 되었고 주말 출근도 일상이었다.

끝이 보이지 않는 구조 속에서 계속 버텨야 한다는 부담은 사람을 소모시키고 있었다. 아무리 애써도 업무는 줄지 않았고 민원은 해결되어도 사라지지 않았다. 조직은 돌아갔지만 개인은 점점 소진되어 갔다. 자연스럽게 조직을 넘어 삶 전체로 회의가 밀려왔다. "이 방식이 맞는가"라는 질문은 곧 "이렇게 살아도 되는가"라는 물음으로 바뀌었다. 그러던 중 부친을 떠나보냈고, 그 상실은 마음 한쪽을 조용히 비워낸 채 오래 남아 있었다. 얼마 지나지 않아 아내의 건강도 눈에 띄게 나빠졌다. 일과 가족, 책임과 불안이 한꺼번에 겹쳐왔다.

그때의 나는 슬럼프라는 말을 쓰기에는 너무 깊이 내려가 있었다. 잠을 자도 피로는 풀리지 않았고 출근길은 점점 더 무거워졌다. 스스로를 다그치며 버티는 것이 책임이라고 믿었지만, 그 책임은 이미 감당 가능한 선을 넘어서고 있었다. 결국, 몸이 먼저 멈췄다. 근무 중 사무실에서 쓰러졌고 깨어나 보니 병원 응급실이었다. 병상에 누워서야 나는 깨달았다. 이건 개인의 약함이 아니라 한 사람이 견뎌야 할 몫을 넘어선 구조의 문제라는 사실을.

공직에서 우리는 종종 사명감이라는 말로 많은 것을 감당한다. 그러나 사명감은 무한하지 않다. 제도는 개인의 헌신을 전제로 돌아가지만, 그 헌신이 한계를 넘을 때 보호 장치는 충분하지 않다. 그날의 사건은 나에게 그 현실을 가장 직접적인 방식으로 알려주었다. 회복의 시간은 혼자만의 힘으로 이루어지지 않았다. 동료들은 무리하지 말라고 했고 자리를 비워도 괜찮다고 했다. 말 없는 배려와 도움 속에서 나는 조금씩 다시 일상으로 돌아올 수 있었다. 그때 처음으로 강함이란 혼자 버티는 것이 아니라 도움을 받아들이는 용기일 수 있다는 생각이 들었다.

복귀한 뒤에 나는 이전과 같지 않았다. 책임을 피하지는 않았지만 모든 것을 떠안으려 하지도 않았다. 내 한계를 인정하는 것이 오히려 더 오래 버티기 위한 조건이라는 사실을 받아들이게 되었다. 이 글을 남기는 이유는 고통을 기록하기 위해서가 아니다. 공직의 현장에서 버텨낸 개인의 이야기가 아니라 개인이 버티도록 요구하는 구조를 돌아보기 위해서다. 누군가의 소진이 개인의 문제가 아니라 제도가 점검해야 할 신호가 되기를 바라는 마음에서다.

19

도시는 잠들고, 행정은 깨어 있었다

사무실에서 쓰러지는 날 몸이 먼저 보낸 경고는 개인의 헌신만으로 지탱해 온 공직의 한계가 어디까지인지를 뼈아프게 증명한 사건이었다. 하지만 병상에서 일어난 뒤 깨달은 것은, 내가 잠시 멈춘 순간에도 도시는 여전히 누군가의 깨어 있는 시간을 필요로 한다는 사실이었다.

개인의 이상 신호가 구조의 문제를 알리는 계기였다면 다시 마주한 현장은 그 구조를 유지하기 위해 누군가는 밤을 견뎌야 하는 자리였다. 그곳에서 나는 내 몸이 왜 멈춰 섰는지를 조금씩 이해하게 되었다. 한 사람의 소진 위에 도시의 일상이 이어지고 있었고, 나는 다시 그 밤의 현장으로 발걸음을 옮겼다. 멈췄던 심장이 다시 뛰기 시작한 곳에서 마주한 풍경은 도시가 잠든 시간에도 행정은 쉬지 않을 수밖에 없다는 현실이었다.

서울시청 버스정책과에서 근무하던 시절 버스 파업 협상은 늘 밤에 시작되었다. 막차가 다니고 차고지의 불이 하나둘 꺼질 즈음 사무실의 불은 오히려 더 밝아졌다. 그날도 그랬다. 협상이 난항을 겪고 있다는 소식이 뉴스를 통해 시시각각 전해지고 있었고 우리는 퇴근 대신 의자를 다시 끌어당겼다. 휴대전화 알림이 멈추지 않았고, TV 화면 자막은 계속해서 상황을 갱신하고 있었다. 회의실에는 이미 사람들이 가득 모여 있었다. 간부들과 실무자들, 그리고 노조 측 인사들까지. 종이컵에 담긴 커피는 손도 대지 못한 채 식어갔고, 테이블 위에는 수정과 취소가 반복된 회의 자료들이 어지럽게 흩어져 있었다. 말은 점점 짧아졌고 목소리는 점점 높아졌다. 누군가는 주먹으로 테이블을 치고 누군가는 의자를 밀치며 벌떡 일어섰다. 고성이 오갈수록 이 자리가 협상인지 충돌 직전의 대치인지 구분하기 어려워졌다.

"이건 더는 못 참습니다. 시민을 볼모로 잡겠다는 겁니까?"

말은 더 이상 조건을 향하지 않았다. 사람을 향했고 감정을 향했다. 숫자와 문장은 뒤로 밀려나고 분노와 피로가 전면에 나섰다. 그 밤의 공기는 팽팽하게 당겨진 줄처럼 끊어질 듯 긴장돼 있었다. 누구도 쉽게 물러설 수 없는 자리였다. 한쪽은 생계를 말했고, 다른 한쪽은 다음 날 도시의 아침을 말하고 있었다.

노조가 테이블 위에 올려놓은 요구는 모두 외면하기 어려운 것이었지만 서울시 역시 즉각 받아들이기에는 현실의 제약도 분명했다. 예산과 형평성, 요금 인상 부담을 외면할 수 없었다. 논의는 자연스럽게 무엇을 더 얻을 것인가에서 어디까지 물러설 수 있는가로 옮겨갔다. 전면 수용이 아닌 단계적 조정과 일부 조건의 명문화, 추가 협의를 약속하는 선에서 간신히 타협점을 찾았다.

그 사이 실무자들은 숨 돌릴 틈 없이 움직이고 있었다. 파업에 대비한 비상대책이 동시에 돌아갔다. 전세버스 투입 가능 대수, 노선별 대체 수송 계획, 출근 시간대 예상 혼잡도, 전화는 쉴 새 없이 울렸고 보고는 메신저와 종이를 오가며 연속해서 쌓였다. 회의실 밖 복도에는 노트북을 켜 놓은 채 밤샘을 각오한 직원들이 자리도 제대로 잡지 못한 채 서성이고 있었다.

복도 한쪽에는 또 다른 전선이 형성돼 있었다. 출입증을 목에 건 기자들이 벽을 따라 빽빽하게 늘어서 있었다. 전화로 데스크에 상황을 전달하는 기자, 노트북으로 속보를 준비하는 기자, 회의실 문이 열리기만을 기다리며 초조하게 서성이는 기자들.

"지금 분위기 어떻습니까, 결렬 가능성 큽니까?"

질문은 쉴 새 없이 쏟아졌다. 회의실 문 하나를 사이에 두고 도시 전체가 숨을 죽인 채 이 밤을 지켜보고 있었다.

그날 밤 시청은 전쟁터에 가까웠다. 누군가는 협상 테이블에서 맞서고 있었고 누군가는 최악의 상황을 가정하며 도시 전체를 머릿속에 펼쳐 놓고 있었다. 파업이 현실이 되면 수백만 명의 출근길이 흔들린다. 그 무게를 모두가 알고 있었기에 누구도 쉽게 자리를 떠날 수 없었다. 자정을 넘기자 피로는 얼굴 위로 그대로 드러났다.

목은 쉬어 갔고 말은 더뎌졌다. 고성은 줄었지만 대신 침묵이 길어졌다. 그 침묵은 합의의 전조이기도 했고, 결렬 직전의 정적이기도 했다. 창밖을 보면 시청 앞 도로는 믿을 수 없을 만큼 평온했다. 그러나 모두가 알고 있었다. 몇 시간 뒤, 이 도로 위로 버스가 오르지 않으면 도시는 바로 흔들린다는 사실을.

새벽 두 시를 넘기며 분위기가 조금씩 바뀌었다. 말의 톤은 낮아졌고, 조건 하나가 다시 테이블 위에 올라왔다. 누군가는 계산기를 두드렸고 누군가는 종이에 선을 그었다. 완전한 합의는 아니었지만 더 이상 버틸 수 없는 경계선에 다다랐다는 공감이 형성되었다. 파업은 의지의 문제이기도 하지만 체력의 문제이기도 했다. 결정적인 순간은 늘 소란 속에서 온다.

"이 선에서 정리합시다."

제안이라기보다 서로의 한계를 확인하는 말이었다. 잠시 이어진 정적 끝에 반대편에서 고개가 천천히 끄덕여졌다. 회의실 문이 열리자 복도에 서 있던 기자들이 동시에 움직였다. 시계는 새벽 네 시를 가리키고 있었다.

합의문을 정리하고 서명이 이어졌다. 환호도 박수도 없었다. 대신 깊은 숨을 내쉬는 소리와 의자에 몸을 기대는 소리만이 겹쳐졌다. 누군가는 곧바로 전화를 들었다. 타결됐습니다. 그 한마디가 밤새 이어진 긴장을 끊어냈다.

아침이 다가오고 있었다. 전세버스 배치 계획은 급히 접혔고 비상대책 문서는 정리됐다. 언론은 이 과정을 밤새 속보로 전했고, 시민들은 뉴스를 통해 결과를 기다렸다. 출근길이 멈출지 평소대로 이어질지에 모두가 귀를 기울이고 있었다. 시민들은 그날도 버스를 탔다. 타결 소식을 확인하며 안도의 숨을 내쉰 채. 그게 우리의 일이었다.

아무 일도 일어나지 않게 만드는 일. 도시가 잠들지 못한 밤을 대신 버티며 아침을 지키는 일. 그날의 협상은 뉴스의 중심에 섰지만, 그 밤을 버텨낸 시간의 무게는 기사로 다 담기지 않는다. 버스가 정상 운행된 그 아침 우리는 조용히 자리에서 일어났다. 그리고 다시 다음 협상을 대비했다.

20 ———

어르신들을 태운 버스, 마지막을 향한 길

병원 응급실에서 깨어난 뒤 마주한 것은 내 삶의 유한함이었다. 영원히 버틸 수 있을 것 같았던 젊음과 사명감도 결국은 닳아 없어지는 것이라는 사실을 몸이 먼저 멈추고 나서야 인정하게 되었다. 나 자신의 한계를 받아들이고 나서야 비로소 타인의 삶을 바라보는 시선도 조금 더 깊어졌다.

한 개인의 한계가 드러나는 순간이 제도를 돌아보는 신호가 되듯 우리 사회 역시 오랫동안 고집해온 방식이 한계에 부딪혔을 때 비로소 다음을 고민하게 된다. 복귀 후 내가 마주한 업무는 바로 그 마지막에 관한 일이었다.

나 개인이 삶의 한 지점에서 멈춰 섰던 것처럼 누구나 마주하게 될 생의 마지막 순간과 그 뒤에 남겨질 흔적들에 대해 질문을 던지는 자리, 나는 그 답을 찾기 위해 어르신들과 함께 흙으로 돌아가는 길을 안내하는 버스에 올랐다.

그날 어르신들을 태우고 장묘시설로 향했던 그 버스는 단순히 목적지로 가는 이동 수단이 아니었다. 그것은 과거의 가치관과 미래의 현실 사이를 잇는 대화의 공간이었다. 지금 버스정책과에서 시민들의 출퇴근길을 살피는 일 또한 결국 같다. 버스는 단순히 도로 위를 달리는 기계가 아니라 누군가의 고단한 하루와 삶의 무게를 싣고 달리는 가장 정직한 행정의 현장이기 때문이다.

서울시청 노인복지과에서 장묘문화 개선 업무를 맡았을 때였다. 우리는 어르신들을 모집해 일주일에 한 번씩 버스를 타고 용미리 화장장과 새로 조성된 장묘시설을 견학하는 프로그램을 운영하고 있었다. 버스 두 대가 채워지면 출발했고, 견학을 마치면 도시락을 나눴다.

버스 안은 늘 비슷했다. 창밖을 보는 사람 말없이 손을 모은 사람 설명을 듣다 고개만 끄덕이는 사람들. 질문은 많지 않았다. 불편해도 말하지 않는 세대라는 생각이 들었다. 우리는 매장문화의 현실을 설명했고, 어르신들은 듣고 있었다. 동의했는지는 알 수 없었다. 문제는 돌아오는 길이었다. 어느 날 버스에서 내리자마자 한 어르신이 담당자를 나오라고 했다. 목소리는 컸고 감정은 숨기지 않았다.

"조상을 땅에 모시는 걸 왜 바꾸려 하느냐. 이게 다 편하자고 하는 짓 아니냐."

유교적 가치관이 분명한 분이었다. 항의는 격했고, 말은 거칠었다. 주변이 순간 조용해졌다. 그분의 말에는 분노보다 억울함이 더 짙게 배어 있었다. 오래 지켜온 방식을 설명도 없이 바꾸려 한다는 느낌, 그 낯섦에 대한 저항이었다. 나는 그 앞에서 쉽게 말을 잇지 못했다. 틀린 말이라고 할 수 없었기 때문이다. 다만 그 방식만으로는 더 이상 감당하기 어려운 현실이 있다는 사실 역시 분명했다.

매장문화는 이미 국토의 많은 부분을 차지하고 있었고, 관리되지 않은 묘지는 다음 세대의 부담으로 남고 있었다. 산자락을 오르다 보면 이름도 돌보는 이도 없는 묘들이 줄지어 있었다. 조상을 모시는 마음과 살아 있는 사람들이 감당해야 할 공간 사이의 균형은 이미 흔들리고 있었다. 그러나 그 이야기를 그 자리에서 길게 꺼낼 수는 없었다. 나는 그날 이 정책이 단순한 공간 정리가 아니라 누군가의 부모와 조상을 향한 마음을 건드리는 일이라는 사실을 분명히 깨달았다. 장묘문화 개선은 제도의 문제가 아니라 정서의 문제라는 것을.

시간이 지나면서 변화는 아주 천천히 나타났다. 처음에는 불편해하던 어르신들 가운데 일부가 "이렇게도 할 수 있겠네"라는 말을 꺼내기 시작했다. 사회 전체의 분위기도 조금씩 달라졌다. 최종현 선경 회장이 화장을 유언으로 남겼다는 이야기가 전해졌을 때 그것은 적지 않은 울림을 주었다. 장묘는 더 이상 숨겨야 할 일이 아니라 미리 선택할 수 있는 문제라는 인식이 퍼지기 시작했다.

그날 항의하던 어르신의 얼굴은 오래 남아 있었다. 설득했다고 말할 수는 없었다. 다만 그 목소리를 통해 이 일이 얼마나 많은 시간을 건너온 문제인지를 실감했다. 행정은 종종 이런 자리에서 가장 무력해 보인다. 그러나 누군가는 그 자리에 서 있어야 한다. 버스를 타고 다녀온 수많은 하루들, 말없이 도시락을 받아 들던 어르신들의 뒷모습, 그리고 한 번쯤 크게 항의하던 목소리까지 포함해 그 모든 장면이 이 정책의 일부였다.

21

꺼내기 힘든 이야기를 꺼내며

삶의 마지막을 배웅하며 죽음이라는 마침표를 지켜보는 일은 역설적으로 지금 이곳을 살아가는 우리들의 삶을 돌아보게 했다. 흙으로 돌아가는 어르신들의 뒷모습을 보며 생의 허무함을 느끼기보다 그분들이 일구어 온 시간의 무게와 남겨진 이들의 역할을 먼저 생각했다. 하지만 행정의 현장에서 우리가 마주하는 삶의 무게는 때로 한 개인의 어깨로 감당하기에는 너무나 무거웠다. 어르신들의 평온한 마무리를 돕는 사이, 정작 가까이 있던 동료의 일상이 무너져가고 있었다는 사실을 뒤늦게 깨달으며 마음 한구석이 무겁게 가라앉았다.

공직이라는 거대한 체계를 유지하기 위해 우리는 얼마나 많은 개인의 헌신을 당연하게 여겨왔을까. 이제는 마음 깊이 담아두었던, 하지만 한 번은 마주해야 할 우리 안의 아픈 이야기를 시작하려 한다. 이 이야기는 쉽게 꺼낼 수 없는 이야기다. 조심스럽고, 무겁고, 누군가에게는 여전히 현재형의 상처일 수 있기 때문이다. 그럼에도 이 이야기를 꺼내려는 이유는 침묵이 문제를 해결해 준 적은 없었기 때문이다.

행정직 공무원 시험은 흔히 생각하는 것보다 훨씬 치열하다. 합격선도 경쟁률도 높다. 안정적인 직장이라는 말 뒤에는 수년간의 준비와 탈락 그리고 다시 도전하는 시간이 겹쳐 있다. 그렇게 어렵게 임용된 이들은 공직의 문을 두드리며 '봉사'라는 단어를 먼저 배운다. 공직은 국민을 위해 봉사하는 자리라는 말, 틀리지 않다. 나 역시 그 말에 동의한다.

실제로 헌법 제7조는 밝히고 있다. "공무원은 국민 전체에 대한 봉사자이며 국민에 대하여 책임을 진다" 이 문장은 공직자가 가슴 깊이 새겨야 할 헌법의 문장이자 국민이 내린 명령이다.

하지만 그 원칙이 강조될수록 종종 가려지는 현실이 있다. 공무원 역시 생활인이라는 사실이다. 아이를 키우고 학원을 보내고 집세와 대출을 감당해야 하는 한 가정의 가장이라는 점이다. 사명감은 삶을 지탱해 주지만 사명감만으로 삶이 유지되지는 않는다.

얼마 전, 뉴스에서 9급 신규 공무원의 임금이 최저임금 수준이라는 기사를 본 적이 있다. 숫자 하나로 모든 현실을 설명할 수는 없겠지만, 그 숫자가 던지는 질문은 분명했다.

'치열한 경쟁을 거쳐 임용된 인력의 처우가 과연 합당한가. 우리는 공직의 헌신을 너무 쉽게 당연한 것으로 받아들이고 있는 건 아닌가.'

박봉은 단지 불편함의 문제가 아니다. 장기화될 경우 판단을 흐리게 하고 선택지를 좁힌다. 사람을 약하게 만드는 것은 개인의 도덕성 부족이 아니라 감당하기 어려운 구조일 때가 많다. 제도는 늘 유혹에 넘어가면 안 된다고 말하지만, 동시에 그 유혹을 견딜 최소한의 여유를 제공하고 있는지에 대해서는 좀처럼 묻지 않는다.

이 이야기를 꺼낸 진짜 이유는 바로 우리 부서의 한 동료 때문이다. 그는 능력 있고 동료들에게 친절했으며 힘든 일에는 늘 먼저 나섰다. 휴일을 반납하고 밤 10시, 11시까지 불이 꺼진 사무실을 지키던 사람이었다. 중학생 둘, 고등학생 하나를 둔 아직 젊은 가장이었고, 우리는 그를 왕주임이라 불렀다. 부서의 살림을 도맡아 하던 그는 누구에게도 미운 소리를 듣지 않던 사람이었다.

그가 검찰 조사를 받게 되었고, 결국 극단적인 선택으로 생을 마감했다는 소식은 우리 모두를 멈춰 세웠다. 부서뿐 아니라 기관 전체가 충격에 빠졌다. 현실을 원망하며 북받친 감정을 감추지 못하는 직원도 있었고 말없이 눈물을 흘리던 동료들도 있었다. 누구도 쉽게 말을 잇지 못했다. 그는 왜 그렇게까지 했을까. 무엇을 위해 무엇 때문에 밤을 반납하고 몸을 혹사시키며 일을 했을까. 우리는 그 질문 앞에서 쉽사리 답을 내리지 못한다. 다만 분명한 것은 이것이 한 개인의 일탈이나 실패로만 설명될 수 없다는 점이다.

그 일을 겪은 뒤 나 역시 같은 부서에서 쓰러졌다. 갑작스럽게 응급실로 실려 갔고, 병실의 하얀 천장을 바라보며 며칠을 누워 있었다. 몸은 움직이지 않았지만 머릿속은 오히려 더 분주했다. 침대 옆 탁자 위에 사표가 떠올랐고, 그 종이 한 장을 두고 오래 망설였다. 계속 버티는 것이 책임인지, 내려놓는 것이 책임인지 쉽게 판단할 수 없었다. 그때 처음으로 깨달았다. 문제는 누가 더 성실했는가가 아니라 이렇게까지 고민하게 만드는 구조 그 자체라는 사실을 그 질문은 동료의 얼굴과 겹쳐졌고, 나는 더 이상 이 이야기를 남의 일로만 할 수 없게 되었다.

해결은 개인의 각오를 다지는 방식으로는 충분하지 않다. 공직자의 청렴을 요구하려면 그 청렴이 고립되지 않도록 지탱해 주는 장치가 함께 있어야 한다. 과도한 업무를 제어할 수 있는 최소한의 생활 안정과 조직 차원의 기준, 그리고 현장의 어려움을 솔직하게 말했을 때 불이익보다 도움을 받을 수 있다는 신뢰가 필요하다. 무엇보다 혼자서 버티지 않아도 된다는 메시지가 제도와 문화 속에 분명히 자리 잡아야 한다. 사명감은 강요될수록 소진되고 보호받을 때 비로소 오래 지속된다.

그 일을 지나며 나는 우리가 너무 오래 당연하게 여겨온 것들을 다시 묻게 되었다. 공직은 사람 위에 세워진 제도다. 그 사람이 무너지면 제도 역시 안전할 수 없다. 그의 빈자리는 아직도 크다. 그리고 그 빈자리가 남긴 질문은 여전히 우리에게 남아 있다.

22

일본에서 배운 것, 불편하지만 필요한 이야기

민원 현장에서 겪는 감정의 소란함은 때로 시야를 좁게 만들곤 한다. 친절이라는 이름으로 요구받는 수많은 감정 노동 속에서 나는 공직자의 태도란 무엇인지, 그리고 우리가 지향해야 할 공동체의 모습은 어떤 것인지 근본적인 의문을 품게 되었다. 그 답답함이 머릿속을 채우고 있을 무렵, 생각지 못한 기회로 이웃 나라의 풍경을 마주할 기회가 생겼다.

사회복지사 자격증 취득을 위한 실습의 일환으로 떠나게 된 일본 연수였다. 단순한 가산점을 위해 시작한 공부였고 실습을 대신하기 위해 선택한 일정이었지만, 그곳에서 마주한 풍경들은 예상치 못한 지점에서 나를 멈춰 세웠다. 관습적인 적대감이나 막연한 동경을 잠시 내려놓고 바라본 그들의 일상은 친절과 질서라는 익숙한 단어들을 전혀 다른 각도에서 다시 생각하게 만드는 계기가 되었다.

행정직 공무원에게 사회복지사 자격증은 승진 과정에서 가산점이 된다. 그 이유만으로 시작한 일이었다. 명지대학교에서 자격증 취득에 필요한 7과목을 이수했고 평일 야간과 토·일요일을 모두 사용하는 특별과정 수업을 들었다. 현장실습도 필수였는데, 당시 직장을 병행하던 수험생에게는 쉽지 않은 일정이었다. 대안으로 제시된 것이 일본 사회복지 시설 연수 프로그램이었다. 사회복지 선진국이라 불리는 일본의 시설을 직접 둘러보고 보고서를 제출하면 실습을 갈음할 수 있도록 하는 제도였다.

7박 8일 동안 후쿠오카를 중심으로 20여 명의 일행이 함께 움직였다. 일주일 동안 7곳이 넘는 사회복지 시설을 돌아보는 빽빽한 일정이었다. 그 과정 속 중간중간 몇몇 관광지도 함께 둘러보았다. 연수라는 목적이 분명했지만 자연스럽게 그 나라의 일상과 풍경이 눈에 들어올 수밖에 없었다.

첫인상은 공항에서부터 달랐다. 김포국제공항에서 근무하던 직원들의 외국 관광객을 맞이하던 표정은 대체로 무표정에 가까웠다. 업무를 처리하는 데에만 집중한 얼굴들이었다. 반면 후쿠오카 공항에서 만난 직원들은 자연스러운 미소로 방문객을 맞이하고 있었다. 과하지도 연출된 듯하지도 않은 표정이었다. 그 장면을 보며 문득 이런 생각이 들었다. 일본을 거쳐 한국에 입국하는 외국인들에게 우리는 어떤 얼굴로 기억되고 있을까.

관청에서 마주친 공무원들의 모습도 크게 다르지 않았다. 일본 공무원이라고 해서 특별히 친절하거나 유별난 태도를 보인 것은 아니었다. 다만 민원인을 대하는 자세에서 불필요한 긴장이나 방어적인 태도가 느껴지지 않았다. 업무는 엄격했지만, 표정은 비교적 부드러웠다. 규정을 앞세우되 그것이 곧 벽이 되지는 않는다는 인상을 받았다.

거리 풍경은 더욱 인상적이었다. 쓰레기가 거의 보이지 않았고 도로를 달리는 자동차들 대부분이 찌그러진 곳 없이 깨끗했다. 세 차를 막 끝낸 듯한 차들이 줄지어 다니는 모습이 낯설 정도였다. 그 이유를 묻자, 답은 의외로 단순했다. 외출할 때 몸을 씻고 깨끗한 옷을 입는 것처럼 자동차도 외부에 나갈 때는 정돈된 상태여야 한다는 인식이 있다는 것이다. 차를 단순한 이동 수단이 아니라 외부에 드러나는 자기 모습의 일부로 여긴다는 설명이었다.

상점가를 걸으며 또 하나 눈에 띈 장면이 있었다. 가게의 물건들이 인도 쪽으로 조금도 튀어나와 있지 않았다. 우리나라에서는 흔히 볼 수 있는 풍경과는 사뭇 달랐다. 단속 때문이냐고 묻자 고개를 저었다. 남에게 불편을 주는 행위 자체를 잘못으로 인식하는 문화가 있다는 설명이었다. 관청의 규제가 아니라 스스로 지켜지는 질서였다.

이 경험을 통해 나는 선진국이라는 말을 다시 생각하게 되었다. 경제 규모가 몇 위인지, 소득 수준이 어느 정도인지로만 국가의 성숙도를 판단하는 것은 충분하지 않다는 생각이 들었다. 공동체 안에서 지켜야 할 최소한의 약속을 얼마나 자발적으로 지키고 있는지, 타인의 공간과 시간을 얼마나 존중하는지가 그 사회의 깊이를 보여주는 지표일지도 모른다.

물론 그렇다고 일본을 무조건 찬양하거나 동경할 필요는 없다. 역사적 문제와 해결되지 않은 갈등 역시 분명히 존재한다. 그러나 막연한 적대감이나 감정적 거부만으로 이웃 나라를 바라보는 태도 또한 건강하지 않다. 일본을 통해 배울 것은 배우고 경계할 것은 분명히 경계하되, 있는 그대로를 보는 시선이 필요하다고 느꼈다.

이번 연수를 다녀온 뒤, 나 역시 이전과는 다른 시선으로 일본을 보게 되었다. 적대감이 사라졌다기보다 단순화된 감정이 많이 교정되었다고 말하는 편이 맞을 것이다. 미화하지도 폄훼하지도 않는 거리에서 바라보는 것 그것이 이웃 나라를 대하는 성숙한 태도일지도 모른다. 그리고 그 태도는 결국 우리 사회를 돌아보는 거울이 되었다.

23

후쿠오카에서 본 조용한 질서

나는 일본에서 그런 장면들을 먼저 보았다. 노점은 인도를 넘지 않았고, 차는 질서 있게 서 있었으며, 쓰레기는 제자리에 놓여있었다. 관청의 단속이 유난히 강해 보이지도 않았고 공무원들이 곳곳에 배치된 것도 아니었다. 그럼에도 질서는 자연스럽게 유지되고 있었다. 그 풍경이 특별해서라기보다 행정이 덜 움직여도 되는 이유가 눈에 보였기 때문에 오래 남았다. 행정이 조용할수록 사회는 잘 돌아간다는 역설이 그 거리에서는 설명 없이도 이해되었다.

그 장면을 마주하고 돌아온 뒤, 나는 우리 행정의 현장을 다시 보게 되었다. 행정에서 비용은 늘 돈으로만 계산되지 않는다. 인력, 시간, 감정의 소모까지 포함하면 숫자로 잡히지 않는 비용이 훨씬 크다. 그리고 그 비용이 가장 많이 새는 지점은 거창한 정책이나 제도가 아니라 아주 일상적인 장면들이다. 노점 하나, 차 한 대, 쓰레기 봉투 하나, 전화기 너머의 민원 한 통 같은 것들이다.

노점 문제를 떠올리면 현장은 금방 그려진다. 인도 가장자리에 좌판이 하나 생기고 사람이 몰리면 조금 더 앞으로 나온다. 단속이

나오면 잠시 접고 단속이 사라지면 다시 나온다. 그 사이에서 행정은 반복해서 움직인다. 계도 공문을 보내고 현장을 나가고 민원을 받고 다시 단속 일정을 잡는다. 노점 하나를 두고 공무원은 몇 번이나 같은 거리를 오간다. 그 과정에서 생기는 건 해결보다 피로다. 상인은 단속에 지치고 공무원은 반복에 지친다. 이 풍경은 어느 도시에서나 낯설지 않다.

불법주정차도 다르지 않다. 잠깐이면 된다는 생각으로 세운 차 한 대가 버스 한 대를 막고 그 버스가 멈추면 뒤가 밀린다. 신고 전화가 들어오면 출동하고 견인 여부를 두고 실랑이가 벌어진다. 다른 사람도 다 세워놓고 다닌다는 말이 빠지지 않는다. 그 말이 나오는 순간 문제는 개인의 선택이 아니라 집단의 습관이 된다. 행정은 그 습관을 되돌리기 위해 인력을 쓰고, 시간을 쓰고, 감정을 쓴다. 단속이 늘수록 갈등도 늘어난다.

쓰레기 문제는 더 직접적이다. 분리수거가 제대로 되지 않은 봉투 하나가 골목의 분위기를 바꾼다. 누군가는 '하나쯤이야'라고 생각했을 것이고 그 하나는 곧 여러 개가 된다. 민원이 들어오고 환경미화 인력이 투입되고 CCTV 설치를 검토하고 계도 현수막을 단다. 그 모든 과정이 하나의 봉투에서 시작된다. 쓰레기는 치우면 끝이지만, 그 뒤에 남는 건 '왜 또 이래야 하나'라는 피로감이다.

민원도 마찬가지다. 같은 민원이 반복되는 동네가 있다. 불법주정차, 소음, 쓰레기, 노점이 한꺼번에 얽혀 있다. 전화를 거는 사람도 지치고 받는 사람도 지친다. 설명은 길어지고 목소리는 높아진다. 행정은 규정을 설명하지만 시민은 생활을 말한다. 그 사이에서 가장 많이 닳는 건 서로에 대한 신뢰다. 이 지점에서 행정 비용은 단순한 처리 시간이 아니라 관계의 마모로 나타난다.

반대로 이런 장면이 거의 보이지 않는 동네도 있다. 노점이 인도로 나오지 않고, 차는 정해진 자리에 세워지며, 쓰레기는 정해진 시간에 나온다. 단속이 특별히 강해서가 아니다. 단속 차량이 자주 보이지 않아도 질서는 유지된다. 그 동네에서 행정은 눈에 띄지 않는다. 전화도 적고, 출동도 적고, 보고서도 짧다. 행정이 일을 안 해서가 아니라 할 일이 줄어든 것이다. 조용히 지켜진 덕분이다.

이 차이는 규정의 차이가 아니라 태도의 차이에 가깝다. 걸리면 불이익이 아니라 남에게 불편을 주지 않으려는 마음이 먼저 작동할 때 행정은 뒤로 물러설 수 있다. 그때 행정은 단속자가 아니라 관리자가 된다. 문제를 해결하는 조직이 아니라 문제가 생기지 않게 받쳐주는 조직으로 바뀐다.

행정 현장에서 보면 질서의식은 가장 값싼 정책이다. 예산도, 회의도, 법 개정도 필요 없다. 대신 시간이 걸린다. 습관이 쌓여야 하고 신뢰가 축적되어야 한다. 그래서 어렵다. 하지만 일단 자리 잡으면 효과는 크다. 단속 인력은 줄고 민원은 줄고 갈등은 줄어든다. 무엇보다 공무원이 시민을 관리 대상이 아니라 함께 지키는 사람으로 바라볼 수 있게 된다.

질서의식은 도덕 교과서의 문장이 아니다. 행정 현장에서는 비용을 줄이는 가장 현실적인 장치다. 노점 하나가 제자리에 머물고,

차 한 대가 정해진 곳에 서고, 쓰레기 봉투 하나가 시간을 지킬 때 행정은 한 발 물러난다. 그 물러남이 쌓이면 공직은 덜 소모되고 시민은 덜 피곤해진다.

선진국이라는 말이 마음에 남는 이유도 그 때문이다. 그 나라의 행정이 얼마나 잘 단속하느냐보다 얼마나 적게 개입해도 유지되느냐가 사회의 성숙도를 보여준다. 행정이 조용해질수록 사회는 단단해진다. 그 조용함은 결코 우연이 아니라 오래 쌓인 생활의 선택들이 만든 결과다.

24

내가 일본에서 잘못 배운 것

일본 연수를 다녀온 직후 나는 꽤 확신에 차 있었다. '이게 질서구나, 행정이 이렇게 조용해도 사회는 돌아가는구나.' 그 확신은 오래 갔다. 적어도 한국으로 돌아와 첫 민원을 마주하기 전까지는.

연수 기간 동안 본 일본의 풍경은 인상적이었다. 거리에는 소리가 없었고 관청에는 실랑이가 없었다. 문제가 생겨도 크게 드러나지 않았고 설명은 짧았으며 감정은 밖으로 새지 않았다. 나는 그것을 성숙함이라고 불렀다. 한국 행정이 괜히 시끄럽고 괜히 피곤해지는 것처럼 보이기도 했다. 그때의 나는 일본에서 본 조용함을 하나의 답처럼 받아들였다.

그 생각이 흔들린 것은 몇 년 뒤, 한국의 행정 현장에서였다. 소규모 사고가 하나 있었다. 큰 인명 피해는 없었지만, 처리 과정이 매끄럽지 않았다. 내부 회의에서는 책임 소재가 여러 갈래로 갈렸다. 누구의 판단이었는지 어디까지 보고가 되었는지 규정 해석은 맞았는지 따지는 말들이 오갔다. 회의는 길어졌고 결론은 늦어졌다. 그때 누군가가 말했다.

"이건 조용히 정리합시다."

그 말이 일본에서 들었던 설명과 겹쳐졌다. 문제를 키우지 말자는 말, 외부로 나가지 않게 하자는 말. 순간 나는 고개를 끄덕였다. 일본식으로 처리하자는 생각이 스쳤다. 갈등을 밖으로 드러내지 않는 것이 성숙한 행정이라고 여겼기 때문이다. 하지만 그 선택 이후 남은 것은 조용함이 설명하기 어려운 불편함이었다.

문제는 정리됐지만, 판단은 기록으로 남지 않았다. 책임은 분산됐고 누구도 내 결정이었다고 말하지 않았다. 민원은 잠잠해졌지만 내부에서는 같은 질문이 반복됐다. 다음에 비슷한 일이 생기면 어떻게 할 것인가. 그 질문에 선뜻 답할 수 있는 사람은 없었다. 그때서야 깨달았다. 내가 일본에서 배운 질서는 절반짜리였다는 것을.

질서는 분명 행정의 비용을 줄여준다. 소란을 막고 갈등을 낮추며 일상을 유지하게 만든다. 그러나 그 질서가 책임까지 함께 정리해 주지는 않는다. 오히려 지나치게 조용해지면 책임은 더 깊숙이 숨어버린다. 일본에서 보았던 조용함은 시민의 일상을 보호하는 장점이 있었지만 동시에 판단의 흔적을 잘 드러내지 않는 방식이기도 했다.

한국 행정은 반대다. 시끄럽고 드러나고 때로는 과하다. 책임자의 이름이 빠르게 공개되고 감사와 조사가 이어진다. 그 과정에서 행정은 쉽게 위축되고 결정은 늦어진다. 그러나 최소한 누가 판단했는가는 남는다. 그 기록은 부담이지만 동시에 다음 판단의 기준이 되기도 한다.

나는 일본에서 돌아온 뒤 한동안 한국 행정이 일본처럼 조용해지면 좋겠다고 생각했다. 지금은 그렇게 단순하게 말할 수 없다. 조용함이 항상 성숙을 의미하지도 않고 드러남이 늘 미성숙을 뜻하지도 않는다. 중요한 것은 소리를 줄이는 것이 아니라 판단을 남기는 일이라는 생각이 들었다.

일본에서 내가 잘못 배운 것은 질서 그 자체가 아니라 질서만으로 충분하다고 믿었던 태도였다. 질서는 필요하지만, 그것이 책임을 대신할 수는 없다. 조용히 처리된 문제는 편안해 보이지만, 그 편안함의 비용을 누가 치르고 있는지는 늘 다시 물어야 한다.

행정은 제도와 절차로 움직이지만, 그 틈에서 사람은 늘 다른 방식으로 관계를 만들어간다. 규정으로 설명할 수 없는 장면들이 있었고, 그 장면들은 때로 제도보다 더 오래 기억에 남았다. 돌이켜 보면 공직의 시간은 법과 원칙을 지켜 온 기록이기도 하지만, 그 경계를 넘어선 순간들로 더 또렷해지기도 했다. 단속 대신 손을 내밀었던 날들, 역할이 끝난 뒤에도 남아 있던 마음, 설명되지 않았지만 서로를 움직이게 했던 관계들이 그 시간 속에 함께 있었다.

이 장에 담긴 이야기들은 제도 밖에서 작동했던 관계의 흔적들이다. 규정으로 남지 않았고 성과로 기록되지 않았지만, 그럼에도 분명 존재했던 장면들. 그 속에서 나는 행정이 다 담아내지 못하는 영역이 있다는 사실과, 그 영역이 때로는 사람을 지탱하는 더 깊은 힘이 된다는 것을 알게 되었다.

제3부

제도 밖에서 작동한 관계들

규제 대신 손을 내미는 행정

공직자로서 청탁과 부탁을 단호히 거절하며 원칙을 지키는 것이 행정의 기본이라면 시민의 삶에 실질적인 도움을 주는 정책을 펼치는 것은 행정의 완성이라 할 수 있다. 법과 규정을 잣대 삼아 공정함을 지키는 일은 때로 시민들에게 차갑고 딱딱한 모습으로 비치기도 한다. 하지만 행정의 진정한 가치는 단순히 무언가를 금지하고 관리하는 데 머물지 않는다. 오히려 시민들이 필요로 하는 곳에 먼저 손을 내밀고 그들의 삶을 풍요롭게 할 기회를 만들어낼 때 행정은 비로소 생명력을 얻는다.

서울시립대학에서 내가 맡았던 서울시민대학 업무는 바로 그러한 고민, 즉 단속이나 규제 대신 손을 내미는 행정이 무엇인지를 깊이 깨닫게 해 준 소중한 경험으로, 오래도록 기억에 남는 일이었다. 규제하거나 단속하는 일이 아니라 시민에게 직접적인 혜택을 주는 일이었다. 그 점 하나만으로도 이전의 업무들과는 결이 달랐다. 무엇을 막아야 하는지가 아니라 무엇을 열어줄 수 있는지를 고민하는 일이었기 때문이다.

강좌 준비는 생각보다 손이 많이 갔다. 강사 섭외부터 일정 조율, 교재 제작, 강의실 배정, 접수 방식까지 하나하나 정리해야 했다. 하지만 그 과정은 부담이라기보다 기대에 가까웠다. 이 강좌가 누군가에게는 새로운 배움의 계기가 될 수 있겠다는 생각이 들었기 때문이다.

접수 첫날의 풍경은 지금도 선명하다. 접수는 다음 날 아침에 시작되었지만 전날 밤부터 이미 대기 줄이 생겨나기 시작했다. 처음에는 몇 사람에 불과했으나 시간이 지날수록 줄은 줄어들지 않고 오히려 길어졌다. 누군가는 접이식 의자를 가져왔고 누군가는 돗자리를 깔고 이불까지 챙겨 밤을 새운 시민들도 적지 않았다. 배우고 싶다는 마음이 이렇게 구체적인 행동으로 드러난 장면을 나는 처음 보았다.

아침이 밝아 접수를 시작했을 때 줄은 끝이 보이지 않을 만큼 이어져 있었다. 연령도 다양했고 직업도 다양했다. 질문의 내용도 인상적이었다. 강의 수준은 어느 정도인지 준비해야 할 것은 무엇인지 빠지면 다시 들을 수 있는지 같은 구체적인 물음들이 이어졌다. 단순한 호기심이 아니라, 진지한 참여 의지가 느껴졌다.

그 장면을 보며 마음이 움직였다. 행정이 사람들의 삶에 이렇게 직접 닿을 수 있다는 사실이 새삼스럽게 다가왔다. 그동안 민원 창구에서 마주했던 불만과 항의의 얼굴과는 전혀 다른 표정들이었다. 그날의 열기는 행정이 어떤 방향으로 쓰일 수 있는지를 분명히 보여주었다.

강좌가 시작된 이후에도 반응은 뜨거웠다. 강의실은 늘 꽉 찼고, 질문은 강의가 끝난 뒤에도 이어졌다. 시민들은 배우는 데 시간을 아끼지 않았고, 그 시간은 결코 가볍지 않았다. 그 모습을 지켜보며 공직에서 느끼는 보람이라는 것이 무엇인지 다시 생각하게 되었다. 그때 깨달은 것은 단순했다. 막는 일보다 여는 일이 사람을 더 많이 움직인다는 사실이었다. 규정과 절차를 지키는 것도 중요하지만, 그 제도가 시민에게 어떤 경험으로 남는지는 또 다른 문제였다. 시민강좌는 그 질문에 대한 하나의 답처럼 느껴졌다.

그 시기의 경험은 이후의 업무에도 영향을 주었다. 행정의 역할을 판단할 때 먼저 떠올리는 기준이 생겼다. 곧, 이 일이 시민에게 어떤 방식으로 전달되며, 무엇을 가능하게 하는가라는 질문이었다. 시민에게 혜택을 주는 일을 직접 경험한 시간은 공직 생활에서 가장 선명한 장면 가운데 하나로 남아 있다.

2 ———

검은 봉투를 든 차석 합격자

30년 공직의 길 위에서 마주친 수많은 민원인 중 가장 아프고도 기이한 기억으로 남은 한 사람이 있다. 서울시에서 운영하는 시민 대상 강좌, 시청 을지로별관 강의실에서 시작된 일이었다.

그날 강의실은 평소와 다른 기류로 술렁이고 있었다. 강의 시작 직전 문을 열고 들어온 한 여성 때문이었다. 헝클어진 머리에 낡은 옷차림, 그리고 양손에 든 커다란 검정 비닐 쓰레기봉투 두 개. 그녀가 발을 내디딜 때마다 강의실 안은 형용할 수 없는 악취로 가득 찼고 수강생들은 코를 막으며 하나둘 자리를 피하기 시작했다. 도저히 강의를 진행할 수 없는 상황이었다.

나는 그분을 조용히 복도로 안내했다. 마주 앉은 그분의 눈빛은 흐릿했지만 들려준 이야기는 뜻밖이었다. 자신도 한때는 서울시 공무원이었노라고, 임용 당시 차석으로 합격했다고도 했다. 믿기 힘든 말이었지만, 사실 조회를 통해 확인한 그녀의 이력은 놀랍게도 진실이었다.

내 눈앞의 여인은 이미 마음의 병이 깊어 자신만의 닫힌 세계에

갇혀 있었지만, 무너진 삶의 잔해 아래에는 한때 치열하게 살아냈을 한 공직자의 자존심이 화석처럼 남아 있었다. 나는 정중히 권고했다. 강의를 듣고 싶으시다면 다른 분들을 위해 몸을 씻고 냄새가 나지 않도록 한 뒤 다시 와주십시오. 하지만 다음 날 그분은 똑같은 모습으로 나타났다. 다시 그녀를 돌려보내자, 그녀는 나도 엄연한 서울시민으로서 강의를 들을 자격이 있다며 비수 같은 항의를 쏟아냈다.

그때부터 시작된 고통은 집요했다. 그녀는 시청 조사과에 나를 고발했다. 조사과에 불려가 딱딱한 의자에 앉아 경위를 설명했다. 정당한 행정 조치였음에도 불구하고 민원인과 대척점에 서 있다는 사실만으로 공직자는 죄인이 된 듯한 기분을 견뎌야 했다. 이후 국민권익위원회, 옴부즈만, 감사원, 인권위까지. 그녀가 뿌린 전방위적인 고발장들 사이에서 나는 공직자로서 느낄 수 있는 모든 무력감과 곤혹의 중심에 서 있었다.

사무실 전화기는 그녀의 분노로 쉬지 않고 울렸다. 수화기 너머로 같은 말이 되풀이되었고, 항의는 곧 방문으로까지 이어지며 사무실의 일상을 흔들기 시작했다. 결국 청원경찰을 통해 출입을 제한할 수밖에 없었다. 그러자 그녀는 네가 시킨 걸 다 알고 있다며 나를 직접 겨냥해 괴롭히기 시작했다. 공무원이라는 이름으로 감내해야 할 민원의 범주를 이미 넘어선 지 오래였지만, 상대가 아픈 사람이라는 사실이 내 대응의 폭을 좁혀 놓았다.

그러던 어느 날 다시 걸려온 그녀의 전화를 받고 나는 결심한 듯

나직하지만 단호하게 말했다.

"당신의 무고로 내가 너무나 큰 고통을 받고 있습니다. 이미 경찰에 고소장을 접수했고, 경찰이 당신을 찾고 있으니 지금 당장 이리로 와주십시오."

순간 수 개월간 나를 몰아붙이던 그녀의 날 선 목소리가 멈췄다. 정적이 흐른 뒤 이어진 뜻밖의 대답.

"제가요, 취업이 되어서 내일부터 출근을 해야 하거든요. 갈 수가 없을 것 같아요."

전화는 툭 끊겼다. 그 허망한 대답을 끝으로 그녀는 다시는 나타나지도 전화를 걸어오지도 않았다. 수많은 국가기관을 흔들고 나를 괴롭히던 그 집요한 민원은 출근해야 한다는 지극히 평범한 일상의 핑계 뒤로 연기처럼 증발해 버렸다.

그녀가 정말 취업했던 것인지, 아니면 공권력이라는 단어 앞에서 마지막 방어선을 친 것인지는 알 수 없다. 다만 나는 그 사건을 통해 공직자의 숙명을 다시금 되새겼다. 때로는 서슬 퍼런 칼날 같은 민원조차 한 인간의 무너진 자존감이 내뱉는 비명이자 다시 일상으로 돌아가고 싶어 하는 간절한 몸부림일지 모른다는 사실을 말이다.

그녀의 검은 비닐봉투 안에는 무엇이 들어 있었을까. 어쩌면 그 속에는 차석 합격자라는 과거의 영광과 차마 버리지 못한 삶의 파편들이 악취를 풍기며 담겨 있었을지도 모른다. 소음이 멈춘 사무실에서 나는 한동안 수화기를 내려놓지 못한 채 우리가 마주해야 하는 시민이라는 존재의 그 무겁고도 아픈 뒷모습을 떠올렸다.

한때 누구보다 치열하게 시험을 통과했던 사람이 삶의 어느 지점
에서 이렇게 무너져 내렸을까. 공직자가 감당해야 하는 민원이라는
것은 어쩌면 서류나 규정이 아니라 그렇게 길을 잃어버린 한 사람
의 삶일지도 모른다는 생각이 오래 마음에 남았다.

3 ———

의무가 끝난 뒤에도 남아 있던 마음

지식의 전달이나 규정의 집행처럼 공직자라는 이름으로 시민 앞에 서는 일은 언제나 일정한 거리감을 전제로 한다. 시민강좌를 진행하며 정책을 설명하고 이해를 구하던 시간, 또한 행정이라는 외피를 입은 채 정중하게 선을 긋는 과정이었을지도 모른다.

하지만 행정의 언어가 닿지 않는 곳 서류와 지침보다 체온이 먼저 느껴지는 현장으로 발을 들이는 순간 그 거리감은 여지없이 무너진다. 머리로 이해시키려 했던 행정이 가슴으로 느껴야 하는 삶의 영역으로 바뀌는 지점이다.

그 시작은 때로 자발적인 선택이 아닌 어쩔 수 없는 의무라는 이름의 강제성에서 비롯되기도 한다. 원망 섞인 마음으로 등 떠밀리듯 향했던 그곳에서 나는 행정가로서의 나를 내려놓고 비로소 한 인간으로서 타인의 삶을 마주하게 되었다.

서울시에서 한때 직원들에게 봉사활동을 의무적으로 하도록 한 적이 있었다. 자발성이 전제되어야 할 봉사를 제도로 강제한다는 이유로 원성이 컸다. 그 제도를 내가 도입한 것은 아니었지만 인사

업무를 담당하고 있던 나는 피할 수 없이 그 제도를 집행해야 하는 위치에 있었다. 직원들을 독려했고 참여 여부를 인사 평가에 반영하기도 했다. 나 역시 예외는 아니었다.

주말이면 직원들과 함께 봉사활동에 나갔다. 장소는 노원구 중계동에 있는 중증장애인 시설인 천애원이었다. 장애인들의 목욕을 돕고 휠체어를 밀며 산책을 함께하고 시설 안팎을 청소하는 일이 주된 활동이었다. 봉사에 나설 때 부서에서 모금한 기부금과 함께 간단한 먹을거리를 챙겨가 마음을 보탰다.

솔직히 말하면 출발하기 전 마음은 늘 무거웠다. 주말만큼은 집에서 쉬고 싶다는 생각이 간절했다. 왜 꼭 이렇게까지 해야 하나라는 불만도 없지 않았다. 비자발적인 봉사활동이라는 사실은 그 부담을 더 키웠다. 그런데 이상한 일이 반복되었다. 봉사를 마치고 돌아오는 길에는 늘 마음이 달라져 있었다. 몸은 피곤했지만 마음은 묘하게 가벼웠다. 누군가에게 도움을 주었다는 만족감이라기보다 오히려 내가 더 많은 것을 얻고 돌아간다는 느낌에 가까웠다. 설명하기 어려운 뿌듯함과 감사가 함께 남았다.

이 제도는 일부 직원들의 반발로 약 2년 만에 중단되었다. 주말은 다시 개인의 시간이 되었지만, 마음은 그렇지 않았다. 쉬는 주말 내내 천애원에서 마주했던 눈망울들이 머릿속을 떠나지 않았다. 우리가 오기를 기다리고 있을 것 같은 얼굴들과 말없이도 마음을 건네던 시선들이 자꾸 떠올랐다. 그 마음은 나만의 것이 아니었다. 함께 봉사활동을 나갔던 동료들 역시 같은 이야기를 했다. 제도는 불편했고 과정은 억지스러웠지만, 그곳에서 보낸 시간만큼은 쉽게 정리되지 않는다는 데 모두가 공감하고 있었다. 굳이 길게 설명하지 않아도 서로 알고 있었다. 우리 모두 같은 지점에서 멈춰 서 있었다는 것을. 의무 봉사 제도가 사라진 뒤에도 몇몇은 자연스럽게 다시 그곳을 찾았다. 이번에는 명단도 없었고 평가도 없었으며 누가 빠졌는지 묻는 사람도 없었다. 그렇게 시작된 봉사활동은 어느새 습관이 되었고 1년이 지나고 또 몇 해가 흘렀다. 어느덧 10년이 훌쩍 넘는 시간이 지났다.

그동안 많은 것이 변했다. 직장을 옮긴 사람도 있었고 퇴직한 사람도 있었다. 삶의 조건과 자리는 달라졌지만, 그곳만은 크게 달라지지 않았다. 문을 열고 들어설 때 느껴지는 공기 복도를 따라 이동하며 마주치는 시선들 말없이 손을 잡아주던 온기는 여전히 그 자리에 있었다.

이제는 우리가 그분들을 돕기 위해 간다고 말하기 어렵다. 솔직히 말하면 우리는 우리 자신을 위해 그곳으로 간다. 바쁘고 각박한 일상 속에서 잠시 속도를 늦추기 위해 관계의 가장 단순한 형태를 다시 확인하기 위해 그리고 내가 여전히 누군가의 곁에 설 수 있는 사람이라는 사실을 잊지 않기 위해 그곳으로 향한다.

어느 순간부터 그곳은 봉사 장소가 아니라 안부를 묻고 돌아오는 곳이 되었다. 누군가를 돕는다는 말보다, 함께 시간을 보낸다는 말이 더 어울리는 관계가 되었다. 그래서 우리는 농담처럼 말한다. 또 하나의 가족이 생긴 셈이라고. 처음은 강제였고 시작은 불편했다. 그러나 남은 것은 제도가 아니라 사람이었고, 의무가 아니라 마음이었다. 돌아보면 그곳은 우리가 누군가에게 손을 내밀었다기보다 우리가 다시 인간답게 서 있을 수 있도록 붙잡아 준 자리였다.

4 ———

돕자는 말이 먼저 나왔던 날

의무로 시작했던 봉사가 10년이라는 시간을 건너 마음으로 자리 잡는 과정을 지켜보며 나는 행정이 채울 수 없는 빈자리를 메우는 것은 결국 사람의 온기라는 사실을 배웠다. 누군가를 돕는다는 것은 거창한 구호가 아니라 그저 곁에 서서 서로의 무게를 나누어 드는 일이었다.

이러한 연대의 마음은 담장 너머의 시설뿐 아니라 매일 마주하는 사무실 책상 사이에서도 때때로 기적 같은 순간을 만들어내곤 했다. 멀리 있는 이웃을 향했던 시선이 우리 곁에서 함께 고생하는 동료의 아픔으로 옮겨갔을 때 조직이라는 차가운 공간은 세상에서 가장 따뜻한 장소로 바뀌기도 했다.

그날도 평소처럼 서류 더미 사이에서 씨름하던 평범한 오후였다. 하지만 우리 가운데 가장 성실했던 한 후배의 자리가 비어 있다는 사실을 깨달은 순간 우리는 규정과 절차를 잠시 내려두고 서로의 눈을 맞추기 시작했다.

서울시청 도시안전본부에서 근무하던 시절이었다. 그 부서에는 유난히 성실한 후배 직원이 한 명 있었다. 초등학생과 중학생 두 아이의 아버지였다. 맡은 일은 미루지 않았고 처리 과정은 깔끔했다. 혼자 잘하는 데서 그치지 않고 다른 직원들과의 협조도 자연스러웠다. 말수가 많지 않았지만, 함께 일하면 믿음이 가는 직원이었다.

어느 날부터 그 후배의 자리가 자주 비기 시작했다. 대장에 문제가 생겨 치료를 받아야 한다는 이야기를 들었다. 입원과 퇴원을 거듭했고 결국 휴직과 복직을 오가게 되었다. 병은 쉽게 호전되지 않았고 치료는 예상보다 길어졌다. 아이들은 아직 어렸고 집안 형편도 넉넉하지 않았다. 더 힘든 상황은 전업주부였던 아내가 생활전선으로 나서야 했다. 아이들을 돌보면서 일을 시작했고 병원과 집을 오가는 일상이 반복되었다. 후배는 몸보다 마음이 더 무거워 보였다. 사무실에 나와 있을 때도 늘 미안한 표정이었고 자리를 비울 때마다 주변을 먼저 살폈다.

그때 나는 기관 인사 업무를 맡고 있었다. 도울 방법을 고민하다가 한 가지 생각이 떠올랐다. 이 일을 개인의 선의에만 맡겨 두기보다 상황을 솔직하게 알리고 함께 방법을 찾는 것이 옳겠다는 판단이었다. 나는 기관 전 직원에게 메일을 보냈다. 이미 직원들도 대부분 알고 있는 일이었기에 이름을 숨기지 않았고 상황을 과장하지도 않았다. 병으로 쓰러진 한 동료의 이야기와 그 가족이 겪고 있는 현실을 있는 그대로 전했다. 그리고 참여 여부는 각자의 선택임을 분명히 하며 도움을 부탁드렸다.

반응은 예상보다 빨랐다. 누가 시키지도 않았는데 모금은 자연스럽게 이어졌다. 금액의 크고 작음은 중요하지 않았다. 짧은 응원 메시지, 봉투에 적힌 손 글씨, 말없이 계좌로 들어온 송금들, 그 모든 것이 하나의 흐름처럼 모였다. 어느 누구도 생색을 내지 않았고 조건을 달지도 않았다.

모금된 금액을 전달하던 날 후배는 말을 잇지 못했다. 고개를 숙인 채 한동안 아무 말도 하지 않았다. 그 모습 앞에서 나는 어떤 위로의 말도 필요 없다는 것을 느꼈다. 그날의 감동은 누군가를 도왔다는 데서 온 것이 아니었다. 사람들이 여전히 서로를 외면하지 않는다는 사실을 확인했다는 데서 왔다.

그 일을 겪으며 나는 인간에 대한 믿음을 다시 생각하게 되었다. 조직이라는 이름 아래 때로는 냉정해 보이는 공간에서도, 사람은 사람을 알아보고 있었다. 규정과 절차로 설명되지 않는 연대가 분명히 존재하고 있었다. 그 경험은 이후로도 오래 남았다.

시간이 흘러 후배는 조금씩 회복했고, 다시 자리로 돌아왔다. 예전과 똑같을 수는 없었지만 그는 여전히 성실했다. 그리고 우리는 그를 대할 때 더 조심스러워졌고 더 따뜻해졌다. 그날 이후 그 부서는 이전과 같은 공간이 아니었다.

5

조직 안의 세대 간 간극

동료를 돕기 위해 너나 할 것 없이 손을 내미는 뜨거운 연대는 조직이 단순한 일터 이상의 공동체임을 확인시켜 주는 소중한 경험이다. 하지만 이토록 따뜻한 마음과는 별개로 일상의 업무 현장에서는 전혀 다른 결의 갈등이 우리를 기다리고 있었다.

아픈 동료를 위해 기꺼이 마음을 모으는 사람들도 정작 일하는 방식이나 태도라는 일상의 문법 앞에서는 서로를 낯설어하며 날을 세운다. 서로의 고통에는 이토록 민감하게 반응하면서도 왜 서로의 다름 앞에서는 이토록 인색해지는 것일까.

뜨거운 연대의 기억 뒤로, 조직 안에는 세대라는 이름의 거대한 물결이 만들어낸 또 다른 간극이 선명하게 드러났다.

공직에 들어온 신입 세대들은 과거보다 더 치열한 경쟁을 뚫고 선발된 사람들이었다. 업무 이해도는 빠르고 새로운 제도나 시스템에도 능숙했다. 보고서 작성이나 자료 정리에서도 눈에 띄는 실력을 보여주었다. 문제는 능력이 아니라 일하는 방식에 있었다.

우리가 공직에 들어왔을 때의 분위기는 지금과 많이 달랐다. 상사가 퇴근하지 않으면 자리를 지키는 것이 자연스러웠고 특별한 일이 없어도 함께 남아 있다가 같이 퇴근하는 경우가 많았다. 돕기 위해서이기도 했지만, 그것이 예의이자 조직의 질서라고 여겼다. 먼저 일어나는 것은 눈치 없는 행동에 가까웠다.

신입 직원들의 퇴근 풍경은 달랐다. 업무 시간이 끝나면 컴퓨터를 끄고 자리를 정리했다. 상사의 동선이나 분위기는 크게 고려하지 않았다. 해야 할 일은 다 끝냈다는 태도였다. 그 모습이 처음에는 무심해 보였고 때로는 몰인정하게 느껴지기도 했다. 문화의 차이에서 비롯된 불편함은 생각보다 자주 갈등으로 이어졌다.

회식 자리에서도 비슷한 장면이 반복되었다. 예전에는 개인 사정이 있더라도 조직을 위해 잠시 접어두는 것이 당연하다고 여겼다. 불편함을 감수하는 것도 일의 일부라고 생각했다. 그러나 신입 세대는 달랐다. 가기 싫으면 가지 않겠다고 분명하게 말했다. 애매한 핑계도 미안한 표정도 없었다. 개인의 시간은 존중받아야 한다는 태도가 분명했다.

외형을 둘러싼 시선에서도 간극이 드러났다. 파마를 하고 귀걸이를 한 남자 신입 직원을 두고 못마땅해하는 상사가 있었다. 공직자로서 단정함을 지켜야 한다는 이유였다. 그에 대해 신입 직원은 담담하게 되물었다. 개인의 개성과 업무 능력 사이에 무슨 관계가 있느냐고. 그 질문 앞에서 누구도 쉽게 답을 내놓지 못했다.

이런 장면들이 반복되면서 조직 안에는 보이지 않는 긴장이 쌓였다. 기성세대는 책임감이 사라졌다고 느꼈고, 신입 세대는 불필요한 관습을 강요받는다고 여겼다. 서로가 틀렸다고 말하기보다 서로를 이해하지 못하고 있다는 사실만 분명해졌다.

시간이 지나며 나 역시 생각이 달라졌다. 우리가 지켜온 방식이 언제나 옳았던 것도 아니고 새로운 세대의 태도가 모두 이기적인 것도 아니었다. 다만 각자의 기준이 다른 채 같은 조직 안에서 일하고 있을 뿐이었다. 문제는 누가 더 옳은가가 아니라 그 차이를 어떻게 조정하느냐였다.

조직은 결국 사람으로 움직인다. 방식은 달라도 목적이 같다면 그 차이를 조율하는 일이 필요하다. 한쪽의 기준만을 옳다고 고집할수록 갈등은 깊어졌다. 반대로 서로의 이유를 이해하려는 순간 불필요한 오해는 조금씩 줄어들었다.

6

사라져 버린 청백리의 꿈

세대 간의 일하는 방식과 태도의 차이를 인정하며 조직의 다름을 조율해가는 과정은 결국 공직이란 무엇인가라는 본질적인 질문으로 나를 이끌었다. 서로의 다름을 깎아내기보다 그 존재 자체를 존중하는 법을 배워갈 무렵, 나는 공직 인생에서 가장 영예로운 이름을 마주하게 되었다. 하정 청백리상. 그것은 개인의 성과를 넘어 공직이 지향해야 할 가장 가치 있는 책임이 무엇인지, 그리고 그 책임의 무게가 누구를 향해야 하는지를 묻는 서늘한 시험대였다.

공직사회에서 표창을 하는 이유는 묵묵히 일하는 공직자들의 사기를 높이고 책임 있게 일하는 분위기를 만들기 위해서다. 또한 적극적으로 문제를 해결하고 시민을 위해 움직이는 행정을 장려하는 의미도 있다. 표창은 개인을 위한 격려이면서 조직이 바라는 기준을 보여주는 방식이기도 하다.

공직사회에는 여러 표창이 있지만, 특히 하정 청백리상은 가장 영예로운 표창 중 하나다. 단순한 표창이 아니라 오랜 시간 쌓인 신뢰와 책임을 국가가 공적으로 증명해주는 상이기 때문이다. 대상에게는 한 직급 특진이라는 파격적인 예우가 따르는데, 그것은 이 상이 단순한 격려가 아니라 공직자로서의 삶 전체를 평가한 결과임을 보여준다. 그래서 청백리상은 개인의 성과를 넘어 공직이 무엇을 가장 가치 있게 여기는가를 상징하는 무게로 남는다.

본청, 각 부서, 각 사업소 그리고 25개 구청에서 추천된 많은 후보자 중 여러 단계의 엄격한 심사과정을 거쳐 최종 8인의 명단이 추려졌다. 행정, 농업, 세무, 녹지, 사회복지, 소방 그렇게 직렬도 자리도 다른 사람들이 마지막 명단에 올랐다. 그 좁디좁은 관문을 통과해 남겨진 그 명단 속에 운 좋게도 내 이름이 포함되어 있었다.

행정직군에서는 유일한 후보였다. 행정직은 조직의 중심에 있는 직렬이다. 인사와 예산 기획과 조정 같은 행정의 큰 흐름을 맡고 때로는 성과와 평가의 무게도 그쪽으로 쏠리기 쉽다. 최종 심사가 시작되자 회의장의 분위기는 묘하게 흘러갔다. 8인 중 단 한 명뿐인 행정직 후보인 나에게 청백리 대상이 수여될 것이라는 예측이 지배적이었다. 한 직급 특진이라는 혜택보다도 평생을 공직자로 살아온 시간에 대한 국가의 공인이 눈앞에 다가와 있었다.

나는 그저 결과를 기다렸다. 공직에서 상이란 늘 개인의 공로라기보다 그동안의 시간을 한 번쯤 정리해 주는 확인이었다.

그런데 심사과정 중에 사고가 일어났다. 한강 교각 공사 현장에서 소방헬기가 추락했고, 소방관 두 명이 현장에서 순직했다는 비보가 전해졌다. 뉴스 화면 속에서 헬기는 불길 속으로 사라졌고 사람들은 말없이 고개를 숙였다.

그날 이후 심사장의 공기도 달라졌다. 외부 심사위원들은 강하게 말했다.

"지금 이 사회가 기억해야 할 책임은 무엇인가."

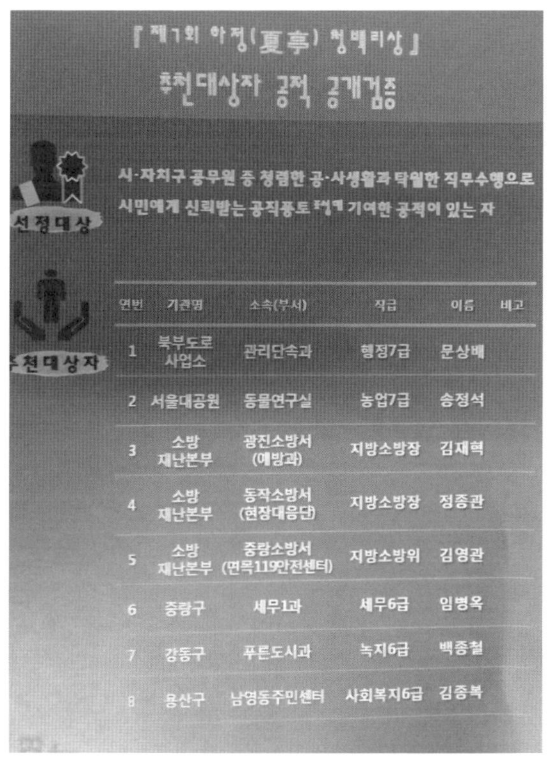

연번	기관명	소속(부서)	직급	이름	비고
1	북부도로사업소	관리단속과	행정7급	문상배	
2	서울대공원	동물연구실	농업7급	송정석	
3	소방재난본부	광진소방서 (예방과)	지방소방장	김재혁	
4	소방재난본부	동작소방서 (현장대응단)	지방소방장	정종관	
5	소방재난본부	중랑소방서 (면목119안전센터)	지방소방위	김영관	
6	중랑구	세무1과	세무6급	임병옥	
7	강동구	푸른도시과	녹지6급	백종철	
8	용산구	남영동주민센터	사회복지6급	김종복	

그 말 앞에서 누구도 반박할 수 없었다. 현장을 지키는 소방관들의 숭고한 희생과 그들을 향한 사회적 부채감을 외면할 수 없다는

목소리였다. 결국 당시의 사회 분위기와 맞물려 대상은 소방직에게 돌아갔다. 대상에는 한 직급 특진이라는 큰 혜택이 따랐다. 누군가는 아쉽지 않느냐고 물었다.

그날 저녁, 나는 혼자 길을 걸으며 마음을 정리했다. 솔직히 말해 아쉬움이 전혀 없었다면 거짓말이겠지만 그 마음은 오래가지 않았다. 차가운 강물 속으로 생을 던진 이들의 이름 앞에서 내가 준비해 온 공적들은 너무나 송구하고 가볍게 느껴졌기 때문이다.

특진의 기회는 사라졌다. 하지만 나는 그날 공직자에게 허락된 명예가 무엇인지를 다시 배웠다. 명예란 화려한 상패를 손에 쥐는 순간에만 존재하는 것이 아니라 타인의 더 큰 희생 앞에서 개인의 기대를 기꺼이 내려놓을 줄 아는 담담한 마음에도 있다는 사실을 말이다.

비워진 내 책상 위에는 상패 대신 이름 모를 동료들에 대한 경외심이 남았다. 대상을 받지는 못했으나 나는 그날 공직자로서 가져야 할 가장 깊은 곳의 품격을 확인받은 기분이었다. 삶과 죽음의 경계에서 시민을 지킨 이들에게 대상이 돌아간 것은 너무나 당연한 일이었다. 그것을 온전히 인정하는 마음이 내가 그날 지켜야 할 최소한의 품격이었다.

그날 이후 나는 공직을 다시 생각하게 되었다. 상은 한순간의 일이지만, 그날 내가 무엇을 기준으로 공직을 바라봐야 하는지는 오래 남았다. 그리고 어떤 공직의 자리는 칭찬보다 희생으로 기억된다는 사실을 그때 분명히 보았다.

7

서른 해의 강을 함께 건너온 세 친구

삶과 죽음의 경계에서 시민을 지킨 이들을 보며 나는 공직자의 품격이 무엇인지 새삼 깨달았다. 그날 비로소 영광보다 더 무거운 책임이 있다는 사실을 알았다. 화려한 상패는 없었지만, 비워진 책상 위를 채운 것은 곁을 지키는 동료들에 대한 깊은 신뢰였다.

이처럼 공적 공간에서 배운 신뢰의 가치는 나의 가장 사적인 생의 공간으로도 이어졌다. 조직의 풍랑과 삶의 고비를 함께 건너며 설명하지 않아도 자리를 지켜준 서른 해의 강을 함께 건너온 세 친구. 이제 그들과 함께 쌓아온 정직한 우정의 시간을 이야기하려 한다.

서울시라는 거대한 조직 안에서 우리는 같은 직장이라는 우연으로 처음 인연을 맺었다. 퇴근길 정거장에서 혹은 이름 없는 선술집에서 겹쳐진 발걸음은 굳이 약속을 잡지 않아도 어김없이 한자리로 모였다. 어느덧 서른 해의 강을 건너는 동안 우리는 서로에게 굳이 나를 해명하지 않아도 되는 사이가 되었다.

한 친구는 여전히 관악구 신림동에 산다. 익숙한 골목과 오래된 상가 사이에서 크게 달라지지 않은 일상을 살아가고 있다. 또 다른 친구는 퇴직 후 평택으로 터전을 옮겼다. 서울과는 꽤 떨어진 거리지만 그는 한 달에 한두 번 기꺼이 먼 길을 돌아 서울로 올라온다. 물리적 거리는 늘어났을지언정 마음의 보폭은 어긋난 적이 없다. 버스 창가에 앉아 올라오는 그 긴 시간까지도 우리 우정의 일부였다.

우리는 셋이 모이면 비로소 마음의 빗장이 풀리고 평온해졌다. 주말이면 약속이라도 한 듯 산에 올랐다. 특별한 취미가 있어서가 아니라 서로의 존재가 주는 평온함이 오래된 습관처럼 몸에 배어 있었기 때문이다. 누군가 빠지면 자리가 비어 보였고 다시 셋이 모이면 그 빈자리는 말없이 채워졌다. 그건 의식적인 선택이 아니라 오래된 습관에 가까웠다.

한 친구가 승진에서 밀려 고개를 떨구던 날, 우리는 화려한 위로의 말 대신 묵묵히 산길을 걸었다. 뒤처지는 친구의 발걸음에 맞춰 속도를 늦추고 그가 스스로 고개를 들 때까지 기다려 주는 것. 그것이 우리가 우정을 지켜 온 투박한 방식이었다.

또 다른 친구가 퇴직을 앞두고 힘들어하던 때에도 우리는 평택 가는 버스 정류장에서 마지막 버스가 떠날 때까지 함께 서 있었다. 그 밤의 공기는 차가웠지만 우리가 나눈 것은 위로의 문장이 아니라 어떤 상황에서도 자리를 떠나지 않겠다는 무언의 약속이었다. 나는 그때 알게 되었다. 진짜 신뢰는 달콤한 약속이 아니라 가장 초라한 순간에도 곁에 남아 있는 정직한 뒷모습이라는 것을.

사직서를 가슴에 품고 밤잠을 설치던 고통의 계절도 있었다. 빗

줄기가 굵게 쏟아지던 밤 예고 없이 찾아온 두 친구는 내 심각한 고민을 싱거운 농담 속에 묻어버렸다. 논리적인 조언은 없었지만 그들의 태도에는 이유를 묻지 않는 믿음이 담겨 있었다. 그 앞에서 가슴을 짓누르던 고민들이 마치 빗물에 씻기듯 가벼워졌다. 그날 밤 호프집 문을 나서던 순간 내 등 뒤로 쏟아지던 친구들의 투박한 농담은 그 어떤 훈장보다 따뜻한 격려가 되었고 나는 다시 걸어갈 수 있었다.

그때 문득 함석헌 옹의 시 한 대목이 떠올랐다.

그대는 그런 사람을 가졌는가
만리 길 나서는 길 처자를 내맡기며 맘 놓고 갈 만한 사람
그 사람을 그대는 가졌는가
온 세상이 다 나를 버려 마음이 외로울 때에도
저 마음이야 하고 믿어지는 그 사람을 그대는 가졌는가

그 물음 앞에서 나는 이제 조용히 고개를 끄덕인다. 내게 그런 사람이 없다는 것은 내가 그런 사람이 아니었기 때문일지도 모른다고. 그것은 행운의 문제가 아니라 삶의 태도의 문제라는 것을. 떠나지 않고 설명하지 않아도 자리를 지키는 일. 세 친구와의 시간은 그 사실을 조용히 증명해 왔다.

우리는 서로의 약한 순간을 많이 보았다. 일이 뜻대로 풀리지 않던 얼굴, 술잔을 앞에 두고도 웃지 못하던 밤, 이유 없이 말수가 줄

어들던 시간들. 그래서 우리는 서로를 이상화하지 않는다. 장점도 단점도 이미 충분히 알고 있다.

신림동에 사는 친구는 성정이 참 유하고 너그럽다. 곁에 있는 것만으로도 상대방을 편안하게 물들이는 마법 같은 힘을 지닌 사람이다. 반면 평택으로 내려간 친구는 때로 성격이 급해 앞서 나가기도 하지만 누구보다 강직하고 정직한 성품을 지녔다. 유연함과 강직함, 서로 다른 결을 가진 두 사람은 내 인생에서 발견한 가장 귀한 보석들이다. 우리는 서로의 차이를 해명하려 하지 않았다. 있는 그대로를 받아들이는 법을 오래전부터 알고 있었기 때문이다.

우리는 서로의 기쁨과 근심을 소리 없이 나누며 안타까워했고, 위로하고 격려했다. 앞서 나가면 응원했고 뒤처지면 기다렸다. 누구도 재촉하지 않았고, 누구도 비교하지 않았다. 각자의 속도를 존중하는 일이 이 우정의 오래된 방식이었다.

그래서 이 관계에는 경쟁이 없다. 대신 오래된 신뢰가 있고 말하지 않아도 통하는 온도가 있다. 돌아보면 이 우정에는 화려한 사건보다 반복된 일상이 더 많다. 그러나 그 일상 속에서 우리는 완전히 떠난 적이 없었다. 바쁠 때도, 삶의 방향이 조금씩 달라졌을 때도 우리는 계속 만났다. 평택에서 서울로 올라오는 버스의 진동과 피로까지 포함해 이 우정은 늘 현재형이었다.

나이가 들수록 새로운 인연을 만드는 일은 점점 어려워진다. 그래서 오래된 인연은 더 귀해진다. 서로의 시간을 오래 통과해 왔다는 사실만으로도 그 관계는 충분히 깊어진다. 세 친구의 우정은 바로 그런 관계다. 설명하지 않아도 되고 증명하지 않아도 되는 관계, 삶이 흔들릴 때 가장 먼저 떠오르는 얼굴들이다. 이제는 앞으로도 오래 보자는 말을 하지 않는다. 이미 충분히 오래 보아왔고 그 시간이 이미 답이기 때문이다.

우리는 여전히 만나고 여전히 같은 이야기를 반복하며 여전히 서로의 안부를 먼저 묻는다. 그 반복 속에서 삶은 조금 덜 거칠어지고 마음은 조금 더 단단해진다. 세 친구의 우정은 거창하지 않다. 다만 인생이 힘들 때 고개를 돌리면 늘 그 자리에 서 있던 사람들, 그 정직한 존재감이 내 삶을 지탱해 온 가장 고요하면서도 강력한 힘이다.

8

공직자 해외연수라는 이름의 그림자

세 친구와 함께한 서른 해의 시간은 거친 공직 생활을 버티게 해준 가장 따뜻한 버팀목이었다. 설명하지 않아도 자리를 지켜주는 존재는 조직의 논리와 세대 갈등 속에서 소진된 마음을 다시 세운다. 그 단단한 신뢰는 삶을 지탱하는 힘이 되지만, 울타리를 벗어나 조직의 관행 앞에 설 때면 피할 수 없는 불편과 마주하게 된다.

사적인 관계에서 떠나지 않는 태도를 배웠다면, 공적인 제도 안에서는 당연시된 관행이 그 가치를 훼손하는 장면을 보게 된다. 공직자 해외연수라는 이름 아래 우리가 묵인해 온 오래된 질문도 그렇다. 위로와는 별개로 공직사회의 도덕적 관행을 정면으로 바라봐야 할 순간이 다가온다.

공직자 해외연수는 늘 그럴듯한 이름으로 포장되어 왔다. 역량 강화, 정책 벤치마킹, 국제 감각 함양 등 문서 속 목적은 항상 그럴 듯해 보였다. 그러나 그 이름이 실제 현장에서 어떻게 작동하는지는 공직에 오래 몸담은 사람이라면 대부분 알고 있었다. 실제 운영 방식은 연수라기보다 여행에 가까웠으며, 학습보다 이동이 많고,

보고보다 사진이 먼저 남는 구조였다.

언론의 비판은 정당했다. 국민의 혈세로 떠나는 일정이었고, 그 결과가 무엇인지 묻는 질문에 우리는 늘 명확하게 답하지 못했다. 일정표에는 기관 방문이 적혀 있었지만 실제로 남는 것은 기념사진과 단체 식사 관광지의 풍경이었다. 제도의 취지와 실행 사이에는 분명한 간극이 있었다. 문제는 그 간극을 대부분 알고 있으면서도 별다른 문제의식 없이 받아들였다는 데 있었다. 다들 그렇게 해 왔다는 말은 가장 강력한 면죄부였다. 연수 대상자로 선정되면 축하를 받았고 다녀온 뒤에는 무사히 다녀왔느냐는 안부가 오갔다. 그 과정에서 이 제도가 정말 연수라는 이름에 걸맞은지 묻는 사람은 많지 않았다.

나 역시 그 관행 속에 있었다. 다녀온 뒤에는 보고서를 쓰고 정해진 형식에 맞춰 내용을 채웠다. 그러나 마음 한편에는 설명하기 어려운 불편함이 남았다. 배운 것이 없어서가 아니라 그것을 '배웠다' 말하기가 어려웠기 때문이다. 현장에서 바로 적용할 수 있는 정책이나 제도를 가져왔다고 자신 있게 말할 수 없다는 사실이 묘한 양심의 가책으로 남았다.

공직사회는 이 문제를 개인의 일탈로 보지 않는다. 그래서 더 오래 지속된다. 누군가의 일탈이었다면 바로잡을 수 있었겠지만, 관행이 된 순간 문제는 흐릿해진다. 연수라는 이름 아래 누구도 책임지지 않는 구조가 만들어진다. 다녀온 사람도, 보낸 조직도, 제도를 설계한 곳도 모두 책임에서 비껴선다. 그만큼 제도는 안전해지지만 동시에 속은 점점 비어간다. 아무도 책임지지 않을 때 제도는 존재하면서도 작동하지 않게 된다.

이 제도는 폐지의 대상이라기보다 개선의 대상에 가깝다. 정말로 배우기 위한 연수라면 일정은 훨씬 빡빡해져야 하고 결과는 명확해야 한다. 무엇을 보고 무엇을 바꾸었는지 설명할 수 있어야 한다. 그렇지 않다면 연수라는 말은 결국 국민을 설득하지 못하는 장식어로 남을 수밖에 없다.

나는 그 연수를 다녀온 뒤 오히려 공직의 책임이라는 말을 다시 생각하게 되었다. 법을 어기지 않았다고 해서 정당한 것은 아니고 관행이라고 해서 떳떳한 것도 아니라는 사실을 그때 분명히 느꼈다. 제도는 늘 좋은 말로 시작되지만, 그 말에 걸맞게 운영할 책임은 결국 사람에게 돌아온다.

9

서울시청 별관의 이방인들, 나의 무모한 도전

시민강좌를 담당하던 시절, 외국인들을 위한 한국어 과정을 한 번 열어보자는 이야기가 나왔다. 한국에 거주하는 외국인들이 점점 늘어나고 있었고, 그들에게 실질적인 도움을 줄 수 있는 프로그램이 필요하다는 판단에서였다. 나는 과목을 기획하고 예산을 검토했으며, 강사를 섭외하고 교재를 만들고 강의실을 배정하고 홍보까지 맡았다. 말하자면 무대 뒤에서 움직이는 사람이었다.

강의실은 서울시청 을지로 별관에 마련했다. 외국인을 대상으로 한 강의 경험이 풍부하고 해당 분야에 권위를 갖춘 서울시립대학교 국문과 교수 한 분을 초빙하였고, 다행히도 우리는 일의 방향과 호흡이 너무나 잘 맞았다.

신문에 게재할 홍보문과 안내문은 영어로 작성해야 했는데, 그때마다 내 영어 실력은 한계를 드러냈다. 문장을 몇 번이나 고쳐 쓰며 속으로 되뇌었다.

'You never know unless you try.'
시도조차 하지 않고 안 된다고 말할 수는 없었다.

홍보는 The korea Times 그리고 The korea Herald 두 영자신문사에 냈다. 큰 기대는 하지 않았다. '시민강좌'라는 이름이 외국인들에게 얼마나 매력적으로 다가갈지 확신이 없었기 때문이다. 그런데 예상과 달리 문의 전화가 빗발쳤다. 다양한 국적의 사람들이었다. 나는 서툰 영어로 안내를 하느라 땀을 뻘뻘 흘렸다. 전화기 너머의 질문은 쉴 새 없이 이어졌고, 내 말은 자꾸 꼬였다. 우리가 생각한 것보다 이 도시는 훨씬 더 다채로운 사람들이 함께 살고 있었다. 접수 날 과연 얼마나 올까 걱정하던 마음은 기우에 불과했다. 접수 당일 서울시청 별관 복도에는 미국, 프랑스, 이탈리아부터 일본, 중국, 인도까지 그야말로 작은 지구촌이 펼쳐졌다.

어느 날 시장님이 이 과정을 한번 보고 싶다고 했다. 현장을 둘러본 뒤 이렇게 말씀하셨다.

"좋은 프로그램입니다. 이분들을 한국 편으로 만드는 것도 외교 아닙니까."

시청의 한 강의실에서 열리는 수업이 외교라니 그러나 생각해보면 틀린 말도 아니었다. 언어를 배우는 일은 단순히 말을 익히는 것이 아니라 그 사회를 이해하고 애정을 갖는 과정이기 때문이다. 하지만 기대가 커질수록 나의 고민도 깊어졌다. 기획과 홍보, 모집까지 모두 내 몫이었는데 정작 나의 영어 실력은 형편없었기 때문이다.

행정 지원을 맡은 나는 그들 앞에 서야 했다. 학기 시작 전 오리엔테이션에서 과목과 시간, 수강 절차를 안내하고 그들의 다양한 궁금증을 해소해 주어야 하는 것은 온전히 내 책임이었다. 푸른 눈의 청년과 히잡을 쓴 여인들이 나를 뚫어지게 바라보고 있었다. 준비해온 스크립트는 머릿속에서 하얗게 지워졌고, 손바닥에는 땀이 맺혔다. 그래도 물러설 수는 없었다. 궁하면 통한다는 말을 스스로 되뇌었다.

'You never know unless you try. 시도하지 않으면 아무것도 알 수 없다.'

시도조차 하지 않고 물러서기에는 그들의 눈빛이 너무도 간절했다. 나는 더듬거리는 영어와 온몸을 다한 손짓을 섞어가며 안내를 시작했다. 문법은 엉망이었겠지만 목소리에는 진심을 담았다. 신기하게도 그들은 내 서툰 설명을 찰떡같이 알아들으며 고개를 끄덕여주었다. 언어는 수단일 뿐 진정성은 표정과 온기로 전달된다는 것을 그때 몸소 배웠다.

강좌가 운영되면서 재미있는 풍경도 많았다. 수업을 마친 외국인들 중 그나마 한국어를 조금 한다는 외국인들이 사무실로 나를 찾아와 서툰 한국말로 질문을 던지곤 했다. 한 인도인 수강생은 진지한 표정으로 물었다.

"선생님, 한국 사람들은 왜 매일 죽겠다고 하나요? 배고파 죽겠다, 힘들어 죽겠다, 좋아 죽겠다……"

그는 한국인이 정말 죽음과 가까운 민족인지 걱정스러워했다.

나는 웃음을 참으며 설명했다.

"정말 죽는다는 뜻이 아니라, 아주 강한 감정을 표현하는 말이에요.”

그날 이후 별관 복도에서는 조금만 즐거운 일이 있어도 “좋아 죽겠어요!”라고 외치는 외국인들의 목소리가 여기저기서 터져 나오곤 했다.

한번은 이런 일도 있었다. 여름 한복판 강의 도중 냉방이 멈췄다. 나는 관리부서와 통화하며 진땀을 흘렸다. 수강생들에게 어설픈 영어로 상황을 설명했더니 한 미국인 수강생이 웃으며 말했다.

“오늘 배운 단어가 ‘괜찮아’입니다. 괜찮아요.”

그때 교실은 웃음으로 가득 찼다. 행정의 실수마저 그들에겐 수업의 일부가 되었다. 나는 그때 완벽함보다 진심이 더 중요하다는 것을 배웠다.

시장님 방문 날 수강생들은 준비한 한국어로 인사를 건넸다.

“서울이 좋아요. 한국어를 배우면서 한국이 더 가깝게 느껴졌어요.”

짧은 문장이었지만 그 안에는 이 도시를 향한 애정이 담겨 있었다. 나는 강의실 한쪽에서 그 모습을 지켜보며 생각했다. 행정은 때로 숫자와 보고서로만 남지만, 이런 순간은 사람의 표정으로 기억된다는 것을.

과정이 끝날 무렵 몇몇 수강생이 내게 다가와 또박또박 말했다.

“이 수업 만들어줘서 고맙습니다.”

나는 웃으며 답했다.

"저는 자리만 마련했을 뿐입니다."

그러나 속으로는 알고 있었다. 그것이 바로 내가 해야 할 일이었다는 것을. 시청 강의실에서 시작된 작은 수업이 누군가의 한국 생활을 조금 더 따뜻하게 만들었다면 그것으로 충분했다. 그해 나는 처음으로 실감했다. 행정도 사람을 향할 때 가장 빛난다는 사실을.

그 무렵, 서울시청 을지로 별관은 더 이상 차가운 관공서가 아니었다. 수강생들은 복도에서 나를 마주칠 때마다 서툰 한국말로 "안녕하세요"라며 환하게 웃었고, 어떤 이는 고국에서 가져온 작은 선물을 말없이 책상 위에 놓고 가기도 했다. 시도하지 않았다면 결코 보지 못했을 풍경이었다. 나의 서툰 영어는 그들의 서툰 한국어와 만나 세상에서 가장 따뜻한 행정이 되었다. 행정이란 결국 문서가 아니라 사람과 사람이 마주하며 만들어내는 온기라는 사실을 나는 그 낡은 복도에서 배웠다.

나의 서툰 영어와 수강생들의 간절함이 만난 외국인 한국어 강좌는 이후 점차 자리를 잡았다. 내가 담당하는 동안 12기까지 수료생을 배출했고, 월요일과 수요일 저녁이면 그 공간은 국적을 넘어선 배움의 열기로 가득 찼다. "선생님, 고맙습니다"라는 어색하지만 진심 어린 인사를 남기고 돌아서던 그들의 뒷모습을 보며 나는 행정이 줄 수 있는 가장 직접적인 행복을 맛보았다.

하지만 공직의 계절은 개인의 보람과는 무관하게 흘러갔다. 공무원은 한 자리에 오래 머물 수 없다. 순환보직이라는 제도 아래 근무 연한이 다가오면 떠날 준비를 해야 한다. 나는 다른 기관으로 전출을 가게 되었고, 이듬해 새로운 시장님이 취임했다. 그리고 얼마 지나지 않아 그토록 활발하던 한국어 강좌가 폐지되었다는 소식을 전해 들었다.

세간에는 흔한 오해가 있다. 전임 시장의 역점 사업은 새로운 시장이 오면 정치적 결에 따라 지워버린다는 지우기 경쟁에 대한 의구심이다. 나는 이 강좌의 폐지가 그런 단순한 이유 때문이라고 믿지는 않는다. 행정에는 늘 우선순위가 있고 시대의 요구에 따라 자원은 재배치되기 마련이기 때문이다. 그러나 담당자였던 나의 마음 한구석에 씁쓸함이 남는 것까지 막을 수는 없었다.

시민과의 약속이자 공적 계약인 정책이 정책의 실효성이나 수혜자의 만족도보다 '누구의 사업이었는가'라는 잣대로 판단된다면 그것은 비극이다. 정치는 완벽할 수 없으나 좋은 정책이 단절 없이 이어질 때 비로소 시민의 신뢰가 쌓이기 때문이다.

강좌는 사라졌지만, 서울시청 을지로 별관 복도에서 마주쳤던 외국인들의 맑은 눈빛은 내 기억 속에 여전히 남아 있다. 그들은 이제 한국 어디에선가 더 능숙한 우리말로 자신의 삶을 일궈가고 있을 것이다. 비록 정책은 마침표를 찍었을지라도 그 시절 우리가 나누었던 온기는 누군가의 삶 속에서 여전히 흐르고 있다고 믿고 싶다.

시도하지 않고 안 된다고 하지 않았기에 가능했던 열두 번의 기적. 나는 그 기억을 훈장처럼 가슴에 달고 다음 공직의 길로 나아갔다. 정책의 수명은 유한할지라도 그 과정에서 맺은 사람의 인연과 행정가로서의 책임감은 결코 폐지되지 않는 법이니까.

10

아무 일도 일어나지 않았던 하루의 가치

서울시청 을지로 별관의 낡은 복도에서 만난 외국인들의 맑은 눈빛은 내게 행정이란 결국 사람의 마음과 마음이 부딪쳐 만들어내는 온기라는 사실을 일깨워주었다. 비록 정책의 수명은 유한하여 강좌는 사라졌지만, 그 시절 우리가 나누었던 시간은 내게 행정의 의미로 오래 남아 있다. 이렇게 때로는 눈에 보이는 성과와 변화로 공직의 존재 이유를 증명하기도 하지만 사실 공직자가 마주하는 대부분의 시간은 그보다 훨씬 더 고요하고 밋밋하다. 이제는 화려한 이벤트가 사라진 자리, 아무 일도 일어나지 않았다는 보고서 한 줄 뒤에 숨겨진 묵직한 진실에 대해 이야기해 보려 한다.

그날은 정말 아무 일도 일어나지 않았다. 민원도 없었고 사고도 없었고 긴급 회의도 열리지 않았다. 보고할 만한 특별한 사안도 없었다. 하루를 정리하는 문서에는 '특이 사항 없음'이라는 문장이 기재되었다. 공직에서 이 문장은 가장 자주 쓰이지만 가장 가볍게 취급되는 말이기도 하다.

그러나 그런 하루가 얼마나 많은 준비와 긴장 위에 놓여 있는지는 잘 드러나지 않는다. 문제가 생기지 않았다는 사실은 누군가 미리 점검했고, 누군가 한 번 더 확인했고, 누군가 귀찮음을 감수했다는 뜻이기도 하다. 아무 일도 없었던 하루는 대개 우연이 아니라 누적된 행동의 결과였다.

나는 그런 날들을 많이 보냈다. 아침에 출근해 서류를 점검하고, 규정이 바뀐 부분을 다시 확인하고, 혹시 놓친 게 없는지 동료와 한 번 더 이야기를 나누었다. 결과적으로는 아무 일도 일어나지 않았다. 그러나 그 하루가 무의미했다고 말할 수는 없었다. 시민의 입장에서 보면 아무 일도 일어나지 않았다는 사실 자체가 가장 바람직한 결과였기 때문이다.

하지만 조직은 그런 하루를 잘 기억하지 않는다. 문제를 해결한 날은 기록으로 남지만, 문제를 만들지 않은 날은 쉽게 잊힌다. 성과는 사건을 통해 증명되고 조용한 하루는 평가의 대상이 되지 않는다. 그래서 어느 순간부터 아무 일도 일어나지 않게 만드는 일은 공로가 아니라 배경이 되어버린다.

공직사회에서 흔히 듣는 말이 있다. 눈에 띄는 일을 해야 한다. 그 말은 틀리지 않지만 언제나 옳지도 않다. 눈에 띄지 않게 지켜낸 하루들이 쌓여야 조직은 안정된다. 그러나 그 안정은 너무 쉽게 당연한 것으로 취급된다. '아무 일도 일어나지 않았다'는 말 뒤에는 대개 아무도 이름을 불러주지 않는 시간들이 숨어 있다.

그날 퇴근길에 나는 그런 생각을 했다. 오늘 하루는 보고할 내용은 없었지만 설명할 수 없는 만족감 같은 것이 남아 있었다. 아무

일도 일어나지 않았다는 사실이 누군가에게는 평온한 하루였을지
도 모른다는 생각 때문이었다. 공직의 가치는 때로 이렇게 조용한
방식으로만 증명된다. 이제 나는 안다. 아무 일도 일어나지 않았던
하루가 결코 비어 있는 시간이 아니라는 것을. 눈에 띄지 않게 판
단하고, 미리 멈추고, 조용히 책임진 선택들이 쌓여 만들어진 결과
라는 것을. 기록에는 남지 않았지만, 그런 하루들이 조직을 지탱해
왔다는 사실을 지금의 나는 분명히 기억한다.

11

병원 밥상을 책임진 행정직 공무원

그렇게 아무 일도 일어나지 않았던 하루의 의미를 돌아보며 나는 한 가지를 더 생각하게 되었다. 우리가 무심히 지나치는 평온은 결코 당연하게 주어지는 것이 아니라는 사실이었다. 어떤 날들은 사건이 없어서 기억되지 않지만, 바로 그 이유로 인해 삶은 계속될 수 있다. 그리고 나는 그 평범함이 얼마나 많은 사람의 보이지 않는 노력 위에 놓여있는지, 한 병원에서의 경험을 통해 비로소 몸으로 알게 되었다.

그 절실한 깨달음은 나를 다시 가장 낯선 현장으로 이끌었다. 행정직 공무원인 내가 하얀 가운을 입은 의료진 사이에서 환자들의 하루를 버티게 할 가장 기본적인 일상 즉 밥상을 책임지게 된 것이다. 기적 같은 평범함을 유지하기 위해 나는 기꺼이 생경한 부엌의 세계로 발을 들였다.

공직 생활 동안 여러 부서를 거쳤지만, 지금도 가장 생경한 근무지를 꼽으라면 단연 서울시립동부병원이다. 행정직 공무원이 병원에 근무한다는 사실 자체가 일반인의 눈에는 낯설다. 병원이라 하면 의사와 간호사를 떠올리기 마련이지만 실제 병원은 훨씬 많은 사람들의 노동으로 움직인다.

당시 병원에는 행정요원, 의료진, 간호사, 미화원, 조리사, 청원경찰, 운전기사 등을 포함해 서울시 소속 직원만 200여 명이 근무하고 있었다. 여기에 입원 환자와 보호자까지 더하면, 하루 식사를 책임져야 할 인원은 또 다른 200여 명에 달했다. 그 모든 식사의 중심에 영양사가 있었다.

그런데 어느 날 그 영양사가 갑작스럽게 사직했다. 문제는 단순한 결원 상태가 아니었다. 공공병원 특성상 신규 채용에는 최소 6개월 이상이 소요되었고 당장 다음 주부터 식당을 운영할 사람이 없는 상황이 벌어졌다. 영양사의 업무는 전문 영역이었다. 환자식, 일반식, 산부인과 임산부 식단, 당뇨·저염식까지 고려해야 했다. 누구 하나 잠깐 대신해보겠다고 나설 수 있는 일이 아니었다.

직원들 모두 고개를 저었고 병원장은 비상사태를 선언했다. 직원회의가 열렸지만 회의실에는 짙은 침묵만이 흘렀다. 모두가 곤란한 표정으로 시선을 피하고 있을 때 원장님의 눈길이 천천히 내 쪽으로 향하는 것이 느껴졌다. 나는 본능적으로 고개를 엉뚱한 쪽으로 돌렸다. 하지만 공직에서 그런 회피가 오래 통할 리 없었다. 올 것이 오고야 말았다.

사실 나는 부엌과는 거리가 먼 사람이었다. 맞벌이 부부도 아니었고 아내가 전업주부였기에 집에서조차 식단을 고민해본 적이 거의 없었다. 그런데 갑자기 환자와 직원 수백 명의 하루 세끼를 책임져야 할 처지가 된 것이다.

그 일을 겪으며 나는 비로소 아내의 시간을 떠올리게 되었다. 매일같이 가족의 끼니를 챙기며 메뉴를 고민하고 먹는 사람의 상태와 입맛을 살피는 일이 얼마나 지속적인 노동인지 새삼 실감했다. 그동안 당연하게 여겨왔던 밥상이 누군가의 반복된 책임 위에 놓여있었다는 사실을 그때서야 몸으로 이해하게 되었다. 그 경험 이후 나는 집에서 차려지는 한 끼의 밥상 앞에서도 이전과는 다른 마음으로 앉게 되었다.

막막함 속에서 떠오른 건 다소 무모하지만 현실적인 방법이었다. 전임 영양사가 남겨둔 기록을 뒤져서 3년 전 오늘의 식단표를 가져왔다. 내일은 또 3년 전 내일의 식단표, 계절 음식, 제철 식재료, 환자별 식이 구분까지 이미 검증된 자료였다. 그 식단을 그대로 가져와 적용했다. 산부인과 임산부 식단과 당뇨 환자식도 같은 방식으로 해결했다. 궁하면 통한다는 말이 그때처럼 실감 난 적도 없었다.

완벽하다고 말할 수는 없었지만, 최소한 병원의 밥상은 멈추지 않았다. 엉겁결에 식단을 책임지게 되었지만 조리 종사자들 앞에 서는 일은 늘 조심스러웠다. 나는 영양사가 아니었고 그들 역시 그 사실을 알고 있었다. 그래서 더 묻고 더 듣고 판단보다는 조율을 택했다. 그 관계가 무너지지 않는 것이 식당 운영의 또 다른 핵심이었다.

돌이켜보면 그 6개월 동안 특별한 사건은 없었다. 식중독도, 항의도, 큰 민원도 없었다. 그러나 지금 생각하면 그것이야말로 가장 어려운 일이었다. 병원에서는 아무 일도 일어나지 않는 하루가 곧 성공이기 때문이다.

어느 날 병동을 오가다 한 보호자가 내게 말을 걸어왔다.

"밥이 생각보다 괜찮네요. 환자가 잘 먹어요."

그 말 한마디에 그동안 꾹 눌러두었던 긴장이 풀리며 비로소 숨을 돌릴 수 있었다. 식단표는 종이 위의 계획이었지만 밥상은 누군가의 하루를 버티게 하는 실제였다. 그날 이후 나는 메뉴 한 줄을 정할 때마다 환자의 얼굴을 떠올리게 되었다. 그렇게 시작한 임시 역할은 어느새 6개월이 되었다. 후임 영양사가 올 때까지 나는 원무과 업무와 함께 병원 식단을 책임지는 행정직 공무원이 되어 있었다.

그 시절 또 하나의 기억은 부식 납품 문제였다. 식단을 책임지게 되면서 자연스럽게 식재료가 어디서 어떻게 들어오는지도 자연스럽게 보이기 시작했다. 밥상을 관리한다는 것은 메뉴만이 아니라 그 뒤의 구조까지 들여다보는 일이었다.

입찰 과정을 들여다보니 이상한 구조가 눈에 띄었다. 아버지, 어머니, 아들, 며느리, 친척 이름으로 된 여러 업체가 번갈아 입찰에 참여하고 있었고, 결과적으로는 한 사람이 수년간 납품을 독점하고 있었다. 전형적인 페이퍼컴퍼니 방식이었다. 이를 바로잡는 과정은 쉽지 않았다. "괜히 건드린다", "그동안 문제 없었다"는 반발이 거셌고, 노골적인 저항도 뒤따랐다. 그러나 공공병원의 급식은 무엇보다 투명해야 했다. 결국 구조를 정리했고, 그 과정은 행정의 역할이 무엇인지를 다시 생각하게 만들었다.

돌이켜보면 병원에서의 그 6개월은 내 공직 생활에서 가장 낯설고도 가장 선명한 시간이었다. 규정과 지침 어디에도 적혀 있지 않았지만 누군가는 반드시 해야 했던 일이다. 전문 영역 앞에서 행정이 어떤 태도를 가져야 하는지 그리고 공공의 현장은 늘 예외 상황 위에 서 있다는 사실을 몸으로 배운 경험이었다. 지금도 나는 병원 밥상을 떠올리면 생각한다. 공직의 특별한 순간은 화려한 성과표가 아니라 아무도 손들지 않던 자리에서 조용히 밥상을 이어가던 그 시간 속에 있었음을.

12

아침을 기다리지 않고 떠난 사람들

평범한 하루가 얼마나 어렵게 유지되는지 깨닫고 나서야 나는 공직자로서의 경험을 다시 떠올리게 되었다. 그 사실을 가장 또렷하게 배우게 된 곳은 의외로 사무실이 아니라 병원이었다. 아무 일도 일어나지 않도록 하기 위해 얼마나 많은 사람이 보이지 않는 자리에서 애쓰고 있는지, 나는 그곳에서 처음 몸으로 이해하게 되었다.

아무 일도 일어나지 않는 평온한 하루를 지켜내는 것이 공직의 가장 숭고한 성취임을 깨닫는 순간, 나의 시선은 다시 한번 사무실 밖 우리 사회의 가장 어두운 경계선으로 향한다. '특이 사항 없음'이라는 무미건조한 보고서 한 줄을 위해 우리가 안간힘을 쓰는 동안에도 그 평범한 하루의 울타리조차 갖지 못한 사람들은 여전히 존재하기 때문이다.

행정이 설계한 촘촘한 그물망에도 걸리지 않은 채, 법과 구호의 사각지대에서 부유하는 이들이 있다. 도시에 아무 일도 일어나지 않게 하려고 애쓰던 나의 노력은 밤이면 응급실의 차가운 바닥 위로 실려 오는 행려자들의 고단한 육신 앞에서 다시금 무거워진다.

기록되지 않은 평화로운 하루의 가치를 배우고 나서야 나는 비로소 아침을 기다리지 않고 떠나가는 이들의 뒷모습에 담긴 말하지 못한 사연들을 가만히 들여다보기 시작한다.

서울시립동부병원에서 근무하던 시절 밤은 종종 예고 없이 시작되었다. 요란한 사이렌 소리와 함께 구급차가 응급실 앞에 멈춰 서고 그 뒤로 112 경찰차가 따라오는 장면은 낯설지 않았다. 실려 오는 사람은 대개 술에 취해 길거리에 쓰러져 있던 이들이었다. 환자라기보다 행려자에 가까운 사람들이었다. 경찰은 늘 같은 말을 남겼다.

"아픈 것 같지는 않은데, 길에 누워 있어서요. 동사할까 봐 데려왔습니다."

그들이 누워 있던 이유가 병 때문인지 술 때문인지 아니면 갈 곳이 없어서인지는 현장에서 가려낼 수 없다는 뜻이었다.

그렇게 그들은 병원이 아닌 곳에서 병원으로 옮겨졌다. 응급실에 도착하면 상황은 비교적 분명해졌다. 간단한 진찰만으로도 대부분은 응급 환자가 아니라는 걸 알 수 있었다. 외상도 없고 급히 처치가 필요한 상태는 아니었다. 누가 보아도 주취 상태가 분명한 경우가 많았다. 그러나 보호자가 없고 돌아갈 곳이 없다는 이유로 이들을 다시 거리로 내보낼 수는 없었다. 결국 공공병원인 시립동부병원이 그 밤을 맡게 되었다. 병원에는 이들을 위한 별도의 보호 공간이 있었다. 입원실은 아니지만 몸을 눕힐 수 있는 곳이었다. 밤을 넘기면 아침에 따뜻한 국과 밥이 제공되었다. 거리 대신 실내에서,

추위 대신 온기 속에서 하룻밤을 보내도록 마련된 공간이었다.

그런데 시간이 지나며 한 가지 공통점이 눈에 들어왔다. 이들은 좀처럼 아침까지 머물지 않았다. 새벽 두 시든 세 시든 눈을 뜨는 순간 곧바로 일어나 자리를 떠났다. 갈 곳이 있어서라기보다 그냥 나갔다. 붙잡을 권한은 없었다. 이곳은 병원이었기에 사람을 붙잡아 둘 수 있는 곳은 아니었다. 그러나 따뜻한 밥 한 그릇은 먹고 가라고 말할 수는 있었을지도 모른다. 그 말을 망설이는 사이 그들은 늘 먼저 자리를 비웠다.

아침 식사는 매일 준비되었다. 식판 위에는 김이 오르는 국과 따뜻한 밥이 놓였다. 그러나 많은 날 국은 한 숟갈도 뜨이지 않은 채 식어갔다. 침대는 단정히 정리되어 있었지만 그 자리는 비어 있었다. 마음 한편에서는 그들이 따뜻한 국과 밥 한 그릇을 든든히 비우고 나갔으면 좋겠다고 생각했다. 그러나 그 바람은 늘 비어 있는 자리 앞에서 조용히 접혔다. 누군가는 밤새 따뜻한 공간을 마련했고, 누군가는 그 아침을 기다리지 않았다.

그날 유난히 기억에 남는 장면이 하나 있었다. 나이가 지긋한 행려자 한 사람이 옆 침대에 누워 있던 젊은이를 한참 바라보더니 낮은 목소리로 말했다.

"우리 아이도 너만 했을 텐데……."

그는 호주머니를 뒤적여 천 원짜리 몇 장과 동전 한 줌, 가지고 있는 것을 모두 꺼내 그 젊은이의 손에 쥐여주고 그는 뒤돌아보지도 않고 병원 문을 나섰다. 그 장면 앞에서 나는 쉽게 시선을 거두지 못했다.

그는 행려자이기 전에 분명 누군가의 가장이었을 것이다. 아이의 얼굴을 떠올리며 하루를 버텨 온 시간이 있었을지도 모른다. 삶은 그를 여기까지 밀어냈지만 누군가를 향한 마음까지는 거두어 가지 못한 듯 보였다.

그들에게 두드러진 공통점은 '자유'였다. 속박받는 것을 싫어했다. 따뜻한 잠자리도 다음 날의 식사도 그 자유 앞에서는 오래 붙잡아 두지 못했다. 대신 그들은 조용히 말없이 떠났다. 의외로 욕심은 내려놓았고 악의도 보이지 않았다. 폭력성도 드물었다. 이해관계를 따지지 않았고 손익 계산을 하지도 않았다. 다만 많은 경우 마음이 아파 보였다. 병명으로 설명되지 않는 상처와 오래 쌓인 피로가 얼굴에 남아 있었다.

그들을 보며 나는 생각했다. 이 사람들은 사회에 위협적인 존재라기보다 사회에서 밀려난 존재에 더 가깝지 않은가 범죄자도 아니고 환자도 아닌 채 제도의 경계에 서 있는 사람들 경찰은 판단할 수 없어 병원으로 데려오고 병원은 치료할 수 없어 하룻밤을 맡는다. 그다음으로 아무도 맡지 않는다. 밤마다 병원에 도착하던 그 사람들, 아침을 기다리지 않고 떠난 사람들, 밤마다 병원에 도착하던 그 사람들은 결국 우리 사회의 단면으로 남았다.

아침을 기다리지 않고 떠난 사람들, 그들이 남기고 간 것은 정리된 침대 하나와 식지 않은 국 한 그릇이었다. 우리는 그 밤을 무사히 넘겼다고 기록했지만 정작 그들이 떠난 자리에는 아무도 기록하

지 않은 질문이 남아 있었다. 그 질문은 아직도 다음 아침을 기다리
지 않는 사람들을 향해 조용히 열려 있다.

13

평범함이라는 이름의 기적

병원의 밤이 그토록 소란스러웠던 이유는 어쩌면 누군가에게는 아무 일도 일어나지 않는 하루를 보내는 것조차 허락되지 않았기 때문일지도 모른다. 응급실 문을 밀고 들어오던 사이렌 소리, 누군가의 손에 쥐여주던 꼬깃꼬깃한 천 원짜리 지폐, 그리고 주인 없이 식어가는 국그릇. 그 모든 소란은 결국 평범한 일상으로 돌아가고 싶다는 마음, 혹은 그 일상으로부터 영영 도망치고 싶다는 소리 없는 비명이었다.

그들이 떠난 빈 침대를 보며 나는 문득 깨달았다. 우리가 그토록 지루해하고 무심하게 흘려보내는 아무 일도 일어나지 않았던 하루가, 사실은 누군가가 간절히 지켜내고 싶었던 평화였음을 말이다.

사고가 없었고, 병세가 악화되지 않았으며, 누군가의 행방을 수소문하며 밤을 지새우지 않아도 되었던 시간. 특별한 기쁨은 없었을지언정 커다란 슬픔 또한 비껴갔던 그 고요한 24시간은 사실 수많은 운수 좋은 우연이 겹쳐 만들어낸 기적과도 같은 상태였다.

병원 밖의 세상은 다시 분주하게 돌아가고 사람들은 저마다의 아침을 맞이한다. 누군가는 어제와 다름없는 오늘에 싫증을 내며 출근길에 오르겠지만 나는 이제 안다. 아무 일도 없었다는 안도감 속에 커피 한 잔을 마실 수 있는 여유가 얼마나 깨지기 쉬운 축복인지를. 아침을 기다리지 않고 떠난 이들이 남긴 질문은 결국 나에게로 돌아왔다.

당신에게 주어진 이 평온한 아침을 당신은 어떻게 채워가고 있는가. 폭풍이 지나간 자리 같은 응급실의 밤을 뒤로하고 병원 문을 나서는 퇴근길 차가운 공기 속에서도 나는 비로소 감사함을 느낀다. 큰 파도 없이 잔잔하게 흘러가 준 나의 하루에게. 그리고 오늘 밤 누군가에게는 그토록 간절할, 아무 일도 일어나지 않을 평범한 하루를 빌어본다.

떠나는 일은 생각보다 분명한 끝을 갖지 않았다. 정해진 날짜가 있었고 절차는 차분하게 진행되었지만, 마음은 그 선을 따라 정리되지 않았다. 오래 머물렀던 자리를 비워 내는 일은 한 번의 결심으로 끝나는 일이 아니라 시간을 두고 천천히 이어지는 과정에 가까웠다. 돌아보면 공직에서의 시간은 성과나 직위로만 설명되기 어려운 순간들로 이루어져 있었다. 설명을 남기지 못한 선택들, 끝내 정리되지 않은 감정들, 떠난 이후에야 비로소 또렷해지는 얼굴들이 그 자리에 함께 남아 있었다.

이 장에 담긴 이야기는 어떤 결론을 내리기 위한 기록이 아니라 그 자리를 떠나며 마주하게 된 마음의 흔적들에 가깝다. 무엇을 내려놓고 무엇을 남겨야 하는지, 그리고 그 이후의 시간을 어떻게 받아들여야 하는지에 대한 조용한 정리다. 공직이라는 이름으로 이어져 온 시간은 여기서 멈추지만, 그 안에서 배운 것들은 다른 방식으로 계속 이어질 것이다.

제4부

떠나는 자리에서

그만둘 수 없었던 이유

병원에서 나는 아무도 눈에 띄지 않는 자리에서 공직의 의미를 배웠다. 그러나 공직의 현장은 언제나 그런 온기만으로 채워지지는 않았다. 누군가 손을 들어야 했던 자리만큼이나 아무도 말하지 못한 채 흘러가야 했던 시간도 있었다. 그리고 그 시간은 결국 개인의 몫으로 남았다.

그렇게 조직이 떠넘긴 짐을 기어이 혼자 짊어지고 걷던 어느 날, 견고해 보였던 몸이 비로소 무너졌다. 의식의 끈을 놓친 뒤 차가운 병원 침대 위에서 사직서를 떠올리는 순간 나는 비로소 화려한 직함 뒤에 숨겨진 한 인간의 날것 그대로의 두려움을 목격했다.

국가와 시민을 위한다는 거창한 명분이 아니라 아이의 학원비와 공과금 고지서 다음 달 생활비라는 가장 작고도 무거운 현실이 나를 이 자리에 붙들고 있다는 사실을 나는 쓰러지고 나서야 비로소 아프게 고백하게 되었다.

버스 정책 담당관으로 근무하던 시절 나는 사무실에서 한 번 쓰러졌다. 회의가 이어지던 오후였고 특별히 격한 언쟁이 있었던 것도 아니었다. 다만 몸이 먼저 신호를 보냈다. 눈앞이 잠시 흐려지더니 의자에서 미끄러지듯 주저앉았다. 정신을 차렸을 때는 동료들의 얼굴이 위에서 내려다보고 있었다. 누군가는 구급차를 불렀고 누군가는 물을 가져왔다. 그날의 기억은 이상할 만큼 또렷하다.

병원 침대에 누워 있으면서 나는 처음으로 사직서를 떠올렸다. 공직 생활에 대한 회의가 한꺼번에 밀려왔다. '이 일을 계속해야 할 이유가 있는가', '이렇게까지 몸을 써가며 버텨야 할 가치가 있는가' 이러한 질문은 하루 이틀 쌓인 것이 아니었다.

이미 정해진 방향과 판단 사이에서 설명하고 감당해야 하는 역할은 늘 현장에 남아 있었다. 합리적인 선택보다 무난한 절차가 반복되는 구조 속에서 책임의 무게는 종종 개인의 몫으로 내려왔다. 그에 비해 성과는 쉽게 이름 붙여지지 않았다. 이제 그만두자는 생각은 그날만큼은 유난히 구체적이었다. 그러나 집으로 돌아온 뒤 사직 이야기를 꺼내지는 못했다. 대신 가장 먼저 떠오른 것은 생활이었다. 아이의 학원비는 매달 빠져나가야 했고 공과금 고지서도 날짜를 기다리지 않았다. 다음 달 생활비는 이미 계산 속에 들어와 있었다. 그 모든 비용은 누군가 대신 책임져 주지 않았다. 통장 잔액을 들여다보며 나는 사직서보다 먼저 다음 달을 버틸 숫자부터 세고 있었다.

나이도 문제였다. 다시 시작하기에는 늦은 나이였다. 공직을 떠나 다른 일을 구한다는 것은 말처럼 쉽지 않았다. 경력은 공직에 맞춰져 있었고 그 경력이 바깥에서 얼마나 통할지는 알 수 없었다.

'지금 그만두면 더 나은 선택을 할 수 있을까'라는 질문 앞에서 나는 확신을 갖지 못했다. 불안은 결단을 가로막는 가장 현실적인 이유였다.

막상 그만두려 하자 그 이전의 시간이 한꺼번에 떠올랐다. 다니던 회사를 정리하고 공직을 선택하기까지의 결정이 결코 가벼운 선택이 아니었다는 사실이 뒤늦게 되살아났다. 안정된 월급을 내려놓고 시험 준비에 들어가던 날들, 새벽까지 책상 앞에 앉아 있던 시간들, 떨어질지도 모른다는 불안을 삼킨 채 다음 날을 다시 시작하던 반복. 그 자리에 이르기까지 견뎌야 했던 시간들이 먼저 떠올랐다.

그 모든 과정을 지나 들어온 자리에서 이렇게 물러나는 것이 과연 옳은 선택인지 스스로에게 묻게 되었다. 그러나 그 질문 앞에서 나는 쉽게 답을 내리지 못했고 사직서는 몇 번이나 마음속에서 꺼내들었다가 다시 조용히 접어 두었다.

며칠을 그렇게 보냈다. 몸은 회복되고 있었지만, 마음은 더 무거워졌다. 그만두고 싶다는 생각과 그만둘 수 없다는 현실이 계속 충돌했다. 결국, 나는 스스로에게 솔직해지기로 했다. 이 일을 계속하는 이유가 사명도 자부심도 아니라는 사실을 인정했다. 가족의 삶을 책임져야 한다는 현실, 아이의 학원비와 당장의 생활비, 그리고 지금의 나이. 그 모든 것이 나를 붙들고 있었다.

그 사실을 인정하고 나니 오히려 마음이 조금 가벼워졌다. 거창한 이유를 붙이지 않아도 괜찮겠다는 생각이 들었다. 나는 세상을 바꾸기 위해 버티고 있는 것이 아니라 내 삶을 지키기 위해 출근하고 있었다. 책임이라는 말도 멀리 있는 이상이 아니라 매달 반복되는 생활 속에서 시작된다는 사실을 그때 처음으로 받아들이게 되었다.

다시 출근하던 날 사무실은 여느 때와 다르지 않았다. 서류는 쌓여 있었고 일정은 이어졌다. 누군가는 내가 쓰러졌던 일을 이미 잊은 듯했다. 그 평범함 속으로 다시 들어가며 나는 결심을 하나 했다. 당장 그만두지는 않되, 스스로를 소모시키지는 말자고. 할 수 있는 만큼만 하되 몸과 삶을 완전히 내주지는 않겠다고.

나는 결국 그만두지 않았다. 정확히 말하면 그만둘 수 없었다. 그러나 그 선택은 패배가 아니었다. 대부분의 선택이 그렇듯, 그것은 삶의 조건 안에서 내려진 현실적인 결정이었다. 돌이켜보면 공직에서 버틴 시간의 많은 부분은 거창한 신념보다 생활을 지키려는 마음으로 설명하는 것이 더 솔직할지도 모른다.

생각해보면 많은 사람들이 비슷한 이유로 자리를 지킨다. 말하지 않을 뿐이다. 사직서를 내지 않은 선택 뒤에는 대개 개인의 삶이 있다. 그날 병원 침대에서 떠올렸던 질문은 아직도 완전히 사라지지 않았지만, 나는 그 질문을 안고 다시 일상의 시간 속으로 돌아갔다. 그 이후로도 계절은 몇 번이나 바뀌었고, 나는 같은 자리에서 일을 이어갔다. 특별한 전환점 없이 흘러간 시간 끝에서 어느덧 퇴직이라는 단어가 현실의 일정으로 다가오고 있었다.

2 ——

작별 인사를 위해 찾은 사람들

가족의 생계와 삶의 무게를 지키기 위해 사직서를 접어두고 다시 돌아온 일터이지만 그날 이후 나의 시선은 조금씩 달라졌다. 버티는 시간 속에서 내가 진정으로 지켜내야 했던 것이 단순히 매달 입금되는 월급뿐이었는지를 스스로에게 물었다. 조직의 거대한 톱니바퀴로 사느라 외면했던 것들이 퇴직이라는 문턱을 앞두고서야 비로소 구체적인 형상을 띠며 다가왔다.

그것은 화려한 정책의 성공이나 완결된 서류 뭉치가 아니라 그 시간들을 함께 통과해 온 사람들의 얼굴이다. 때로는 등 뒤에서 든든한 버팀목이 되어주었고, 때로는 원칙이라는 이름 아래 서로에게 날카로운 상처를 남기기도 했던 그 수많은 인연들이다.

이제 공직자라는 무거운 외투를 벗기 전 나는 마음의 빚을 털어내기 위해 가장 정직한 발걸음을 옮겼다. 책상을 정리하는 일보다 더 시급하고 본질적인 일 바로 지난 삼십 년 세월 동안 내 곁에 머물렀던 이름들을 하나하나 불러보는 일에 집중했다.

퇴직을 앞두고 가장 먼저 떠오른 것은 서류도, 책상도 아니었다.

사람이었다. 감사해야 할 얼굴들, 그리고 혹시 내가 모르게 상처를 남겼을지도 모를 얼굴들. 마지막 근무를 마치기 전 나는 시간을 쪼개어 한 사람씩 찾아다니기 시작했다. 공식적인 인사라기보다는 늦은 마음의 정리였다.

어떤 사람에게는 고맙다는 말을 먼저 건넸다. 동대문운동장에서 함께 밤을 새웠던 동료, 민원 때문에 얼굴을 붉히면서도 끝까지 자리를 지켜주던 후배, 말없이 뒤에서 일을 받쳐주던 사람들. 그들 앞에서는 비교적 말이 쉽게 나왔다. 그때 많이 도와줘서 고마웠다는 말이 조금 늦게 전해졌을 뿐이었다.

어려운 쪽은 따로 있었다. 업무를 추진하는 과정에서 불편해졌던 관계들, 결정 하나로 마음이 멀어졌을지도 모를 사람들. 나는 그들에게 먼저 말을 꺼냈다. 그때는 그렇게 할 수밖에 없었다는 설명을 덧붙이고 싶었지만, 그 말은 마음속에 남겨두었다. 대신 "섭섭했을 것 같습니다"라는 말만 조용히 건넸다. 그 말이 변명이 되지 않기를 바랐다.

서울시청 버스정책과에서 근무하던 시절을 떠올리면 일보다 사람이 먼저 생각난다. 회의실에서 오가던 날 선 말들, 일정에 쫓겨 판단을 서둘러야 했던 순간들, 민원과 현장 사이에서 균형을 잡아야 했던 날들, 나는 공직에 들어온 뒤 늘 업무를 앞세웠다. 절차와 일정, 책임과 결과를 먼저 생각했고 사람의 감정은 뒤로 미루는 경우가 많았다. 그게 공직자의 자세라고 믿었기 때문이다.

갈등이 가장 첨예했던 현장에서도 상황은 다르지 않았다. 현장은 늘 급했고, 판단은 즉각적이어야 했다. 누군가는 상처를 입을 수밖에 없는 결정도 있었다. 그때는 돌아볼 여유가 없었다. 일이 끝나고 나서야 내 말 한마디가 누군가에게는 오래 남았을 수도 있겠다는 생각이 들었다.

찾아가 인사를 나누면서 느낀 감정은 단순하지 않았다. 후련함과 함께 설명하지 못한 장면들이 떠올랐다. 조금만 더 기다렸다면 한 번만 더 물어봤다면 달라졌을지도 모를 순간들. 공직에서의 판단은 늘 옳고 그름으로만 정리되지 않았다. 그 사이에 남은 감정들은 종종 정리되지 않은 채로 쌓여 있었다.

그럼에도 불구하고 후회만 남지는 않았다. 누군가는 그때는 힘들었지만 지금 생각해보면 필요한 결정이었다고 말했다. 누군가는 짧게 고개를 끄덕였고, 누군가는 아무 말 없이 악수만 했다. 그 반응들 속에서 나는 알게 되었다. 모든 관계를 온전히 매듭지을 수는 없지만 마주 보는 것만으로도 남은 시간을 정리할 수 있다는 사실을.

공직의 시간은 성과표로만 남지 않는다. 그 안에는 수많은 얼굴과 표정 말해지지 않은 감정들이 함께 있다. 나는 그동안 일을 하느라 사람을 충분히 보지 못했을지도 모른다. 그러나 떠나는 길에서라도 그 사람들을 다시 떠올리고 다시 만났다는 사실이 나에게는 작은 보상이었다.

퇴직은 단절이 아니라, 돌아봄에 가까웠다. 나는 그제야 알았다. 공직에서의 보람은 결과로만 남는 것이 아니라 시간이 지나도 얼굴로 떠오르는 사람들 속에 남는다는 것을. 그리고 그 얼굴들 앞에서

느낀 아쉬움과 감사가 나의 공직 생활을 가장 인간적으로 설명해
주고 있다는 것을 그렇게 나는 사람에게로 돌아왔다. 그것이 공직
의 끝에서 내가 선택한 마지막 정리였다.

3

끝내 정리되지 않은 마음으로

공직 생활을 마무리하며 나는 스스로에게 같은 질문을 반복하게 되었다. 나는 이 사회에서 어떤 역할을 맡아왔는가. 그리고 그 역할은 과연 충분했는가. 퇴직은 하나의 끝처럼 보이지만 그보다 먼저 찾아오는 것은 정리의 시간이었다. 책상을 비우는 일보다 마음속에 쌓여 있던 질문들을 정리하는 일이 더 오래 걸렸다

공직에 들어설 때 나는 분명한 각오를 가지고 있지는 않았다. 안정적인 직업, 가족을 책임질 수 있는 선택, 그리고 사회에 보탬이 된다는 막연한 기대가 전부였다. 시간이 흐르면서 '책임'이라는 말은 점점 구체적인 얼굴을 갖기 시작했다. 서류 한 장, 도장 하나, 결정 하나가 누군가의 삶에 직접적인 영향을 미친다는 사실을 깨닫는 데에는 그리 오랜 시간이 걸리지 않았다.

그러나 동시에 알게 된 것도 있다. 공직의 책임은 언제나 완결된 형태로 주어지지 않는다는 점이다. 법과 규정은 분명하지만, 현실은 늘 그 바깥에서 흔들린다. 모든 사람을 구제할 수는 없고 모든 문제를 해결할 수도 없다. 행정은 선택의 연속이었고, 그 선택에는

늘 빠져나가는 사람들이 생겼다. 그 사실을 알면서도 나는 제도 안에 머물렀다.

나는 종종 스스로를 변명했다. 그 질문은 하나의 장면으로 더 또렷해진다. 재개발 구역에서 밀려나야 했던 한 세입자의 민원이었다. 규정상 지원 대상이 아니라는 사실은 처음부터 분명했고 나는 그 사실을 정확하게 설명했다.

그는 고개를 끄덕였고 더 이상 따지지 않았다. 대신 아이들과 어디로 가야 하냐고 물었다. 그 질문 앞에서 나는 잠시 숨을 고르며 생각했다. 규정을 설명하는 데서 멈추지 않았다. 그 문장이 허용하는 가장자리까지 가 보았고, 이후에 따를 수 있는 감사와 책임을 감수할 각오로 가능한 거처를 마련했다.

형식상 결정에는 문제가 없었고, 절차 역시 흠잡을 데 없었다. 그러나 그날 이후 나는 종종 그 질문을 다시 떠올렸다. 나는 정말 책임을 다한 것일까. 아니면 책임이라는 이름으로 내가 할 수 있는 범위 안에서만 머문 것은 아닐까. 규정을 지켰다는 사실과 그 사람의 삶을 충분히 마주했는지는 다른 문제였다. 그 사건은 내게 공직의 한계를 알려주었지만, 동시에 그 한계를 이유로 스스로를 너무 쉽게 정당화해 온 것은 아니었는지 돌아보게 만들었다. 그 아쉬움은 아직도 완전히 정리되지 않은 채로 남아 있다. 이건 개인의 문제가 아니라 구조의 문제다. 내가 할 수 있는 범위는 여기까지다.

그 말들은 틀리지 않았지만 언제나 충분하지도 않았다. 그 사이 어딘가에는 설명되지 않는 아쉬움이 남았다. 더 과감하게 나설 수 있었던 순간들, 조금 더 오래 고민했어야 했던 결정들, 결국 하지 못한 선택들이 마음 한켠에 쌓여갔다. 공직에서의 책임은 영웅적인 결단으로 완성되지 않는다. 대부분은 눈에 띄지 않는 조정과 타협 때로는 침묵으로 이루어진다. 그래서 퇴직을 앞둔 지금 내가 남긴 것이 무엇인지 묻는 말에는 쉽게 답할 수 없다. 눈에 보이는 성과보다 기록으로 남지 않은 순간들이 먼저 떠오른다. 해결하지 못한 민원, 끝내 설득하지 못한 동료, 더 깊이 들여다보지 못한 사정들이다.

그럼에도 불구하고 한 가지는 분명해졌다. 나는 공직에 있으면서 사회를 바꾸지는 못했지만, 사회가 어떤 방식으로 사람을 밀어내는지는 가까이에서 보았다. 그리고 그 장면들은 내가 사회를 바라보는 시선을 완전히 바꾸어 놓았다. 문제는 늘 개인의 선택처럼 보였지만 그 선택 뒤에는 반복되는 구조와 익숙한 무관심이 자리하고 있었다.

공직을 떠난다는 것은 책임에서 완전히 벗어난다는 뜻은 아니다. 오히려 이제야 비로소 다른 자리에서 책임을 다시 생각하게 된다. 나는 더 이상 결재선 안에 있지 않지만, 시민의 자리에서는 여전히 질문할 수 있다. 무엇이 공정이었는지 무엇이 합리라는 이름으로 외면되었는지, 그리고 우리가 어떤 선택을 반복해 왔는지를 말할 수 있다.

이 글은 나를 정당화하기 위한 것이 아니다. 다만 내가 서 있었던 자리를 솔직하게 돌아보고 싶었기 때문이다. 나는 늘 옳은 선택을 하지 못했고, 때로는 안전한 판단에 기대었다. 그 사실을 인정하는 것 또한 책임의 일부라고 생각한다.

공직 생활의 끝에서 내가 얻은 가장 큰 깨달음은 이것이다. 책임은 직위나 직무에만 붙어 있는 것이 아니라 그 자리를 떠난 이후에도 계속 이어진다는 사실이다. 우리는 각자의 자리에서 각자의 방식으로 사회에 참여하고 있다. 중요한 것은 완벽한 답을 갖고 있느냐가 아니라, 질문을 포기하지 않는 태도일지도 모른다.

나는 이제 공직이라는 제도 밖으로 나선다. 그러나 사회에 대한 질문까지 내려놓을 생각은 없다. 오히려 그 질문을 더 자유롭게, 더 솔직하게 이어가고 싶다. 이 글은 그 다짐에 가깝다. 어떤 자리에 있었는가보다 그 자리에서 무엇을 보았는가를 잊지 않기 위한 기록이다.

4

정년퇴직하는 날, 새로운 시간을 마주하다

정년퇴직 날은 생각보다 조용하게 다가왔다. 출근하던 아침의 공기는 평소와 다르지 않았고, 건물의 풍경도 그대로였다. 늘 지나던 복도에는 형광등 불빛이 일정한 간격으로 내려앉아 있었고 엘리베이터는 익숙한 소리를 내며 층을 오르내렸다. 모든 것이 그대로였다.

집을 나설 때만 해도 담담했던 마음이 청사 복도를 지나 사무실 문의 손잡이를 잡는 순간 만감이 교차했다. 30년 강산이 세 번 변한다는 시간 동안 매일 아침 문을 열고 들어왔던 이곳이 낯설게 느껴졌다. 그날은 더 이상 다음 업무를 계획하지 않아도 된다는 사실이 한 박자 늦게 마음에 닿았다. 수십 년 동안 반복해 온 하루의 구조가 그날로 끝난다는 점을 머리보다 몸이 먼저 알아차리는 듯했다.

자리에 앉기 전, 나는 습관처럼 휴게실로 향했다. 늘 마시던 자판기 커피였다. 맛도 온기도 평소와 같았지만, 그날은 컵을 쥔 손을 잠시 내려다보게 되었다. 이 커피를 몇 번이나 이렇게 마셨을까. 출근 전 마음을 가다듬던 수많은 아침들이 겹쳐 떠올랐다. 특별한

의식은 아니었지만 그 짧은 시간이 늘 하루의 속도를 정해 주었다는 사실을 그날에서야 깨달았다. 커피를 한 모금 삼키고 나서야 마음도 조금씩 정돈되는 느낌이 들었다.

책상 위에는 전날 정리해 둔 서류가 가지런히 놓여있었다. 개인 물품은 이미 비워 두었고, 서랍을 다시 열어볼 이유도 없었다. 그래도 습관처럼 서랍을 열어보고 책상 가장자리를 손으로 쓸어 보았다. 수십 년 동안 팔꿈치가 닿고 메모지가 눌리고 커피 자국이 남았던 자리였다. 눈에 띄는 흔적은 없었지만 그 표면에는 분명히 내 시간이 배어 있었다. 그 책상 앞에서 수없이 결재를 검토했고 민원을 설명했고 망설이다가도 결정을 내렸다. 그 모든 순간들이 말없이 그 자리에 남아 있는 듯했다. 늘 그 자리에 있던 이름표를 마지막으로 바라보다가 아무 말 없이 손을 얹었다. 작은 플라스틱 판 하나였지만 그 안에는 내가 지나온 직급과 부서 그리고 버텨온 시간들이 고스란히 담겨 있는 고단한 흔적들이다. 이름을 떼어내는 순간 자리를 비운다는 사실이 비로소 현실이 되었다.

미처 챙기지 못했던 모서리가 닳아버린 결재도장과 빼곡하게 기록된 수십 권의 수첩들이 눈에 띄었다. 특히 손때가 검게 묻은 도장을 손에 쥐었을 때 묵직한 서글픔이 밀려왔다. 이 작은 도장이 찍힐 때마다 누군가의 삶에는 새로운 길이 열리기도 하고, 때로는 간절한 기대가 좌절되기도 했을 것이다. 나는 그 무게를 알기에 결정의 순간마다 정직하고자 했다. 상황이 여의치 않아 뜻대로 되지 않을 때도 있었지만 나는 숨기보다는 있는 그대로를 설명하려 애썼다.

공직자로서 내가 지켜야 할 품격은 화려한 성과가 아니라 내 손을 거쳐 간 문서 하나 하나에 담긴 정직함에 있다고 믿었기 때문이다. 수첩을 한 장씩 넘겨보니 지워진 이름들과 급하게 적어 내려간 메모들이 가득했다.

이제 텅 비워진 서랍을 보며 나는 묘한 상길감을 느꼈다. 이 자리는 내 것이 아니라 시민에게서 잠시 빌려온 자리였다. 언젠가는 비워줘야 할 자리임을 알고 있었지만, 막상 텅 빈 책상을 마주하니 가슴 한구석이 비어 버린 듯 시려 왔다. 내가 떠난 이 자리에 누군가 다시 앉아 새로운 약속을 적어 내려갈 것이다. 부디 그 사람도 자신의 판단에 실린 무게가 누군가의 삶에 얼마나 큰 영향을 미치는지 잊지 않기를 바랐다.

손때가 묻은 책상 모서리를 아쉬운 마음에 한 번 더 쓸어 보았다. 수많은 서류와 일정, 결정과 망설임이 지나간 자리였다. 특별한 말은 남기지 않았다. 그 자리는 이미 충분히 많은 이야기를 알고 있을 것 같았기 때문이다. 의자를 천천히 밀어 넣었다. 누군가에게는 곧 다른 하루가 시작될 자리였다. 오래 머물렀던 자리와의 작별이 이렇게 조용할 수 있다는 사실이 오히려 마음을 오래 붙잡았다. 떠나는 날이 요란하지 않아서 다행이면서도 그 조용함 속에서 비로소 내가 이곳에 얼마나 오래 있었는지를 실감하게 되었다.

개인 짐을 상자에 담아 차 뒷좌석에 실었다. 평소라면 대수롭지 않게 넘겼을 청사 앞마당의 느티나무도 오늘따라 작별 인사를 건네는 듯 쓸쓸해 보였다. 차를 몰아 퇴임식장으로 향하는 길 백미러 속에 멀어지는 사무실 건물을 보며 나는 지난 세월 맺었던 수많은 무언의 약속들을 떠올렸다.

퇴임식장은 예상보다 훨씬 컸다. 단상 위에는 시장님이 자리했고, 내·외빈들이 줄지어 앉아 있었다. 정중하게 준비된 식순, 차분하게 흐르는 음악, 또렷한 사회자의 목소리. 이 모든 것이 한 도시의 행정이 얼마나 질서 있게 운영되어 왔는지를 보여주고 있었다. 이름이 불릴 때마다 사람들이 단상 위로 올랐다.

박수가 쏟아졌고 감사패가 전달되었다.

"수고하셨습니다. 그동안 헌신에 감사드립니다."

말들은 정제되어 있었고 표정은 모두 공손했다. 그 순간만큼은 누구도 개인의 실패나 후회, 설명되지 않은 선택들을 묻지 않았다. 우리는 모두 공로자였다.

내 이름이 불렸을 때 나는 자리에서 일어났다. 수천 번 해왔던 동작이었지만 그날만큼은 발걸음이 어색했다. 단상으로 오르는 계단이 유난히 길게 느껴졌다. 시장님과 악수를 나누고 감사패를 받는 순간 카메라 플래시가 터졌다. 그 빛 속에서 나는 웃고 있었지만, 마음은 이미 그 이후의 시간을 걱정하고 있었다.

후배 몇 명이 다가와 꽃다발을 건네고 악수를 청했다. 그동안 함께 울고, 함께 웃으며 같은 시간을 지나온 사람들이었다. 긴 시간을 공유한 사람들 사이에서는 굳이 많은 말을 하지 않아도 서로의 마음을 짐작할 수 있었다.

"감사했습니다. 건강하세요."

짧은 인사였지만 그 말 속에는 그들 각자의 시간이 담겨 있는 듯했다. 나는 그제야 누군가의 곁에서 따뜻한 배경으로 기억되고 있다는 사실을 실감했다. 그 깨달음은 생각보다 깊게 위로가 되어 내려앉았다.

행사가 끝나고 사람들은 하나둘 흩어졌다. 기념사진을 찍고 마지막 인사를 나눈 뒤 다시 각자의 일상으로 돌아갔다. 행사가 끝난 뒤 휴게실에 잠시 들렀다. 자동판매기에서 뽑은 커피를 들고 창가에 섰다. 늘 급하게 마시던 커피였는데, 그날은 유난히 천천히 식었다. 창밖을 한 번 바라보고 남은 커피를 천천히 다 마셨다. 이제는 서두를 이유가 없다는 사실이 그제야 실감으로 다가왔다. 나는 청사를 나서며 한 번 더 건물을 올려다보았다. 수십 년 동안 드나들던 문이었지만 이제는 더 이상 나를 부르지 않을 문이었다.

정년퇴직 날은 그렇게 끝을 맺고 있었다. 후련함이 먼저 가슴을 스쳤다. 해야 할 일을 다 마쳤다는 안도감이 찾아왔고 곧 설명하기 어려운 공백 같은 것이 남았다. 내일 아침부터는 어디로 가야 할지 하루를 어떻게 시작해야 할지 스스로 정해야 한다는 사실이 비로소 현실로 다가왔다. 오랫동안 나를 움직이던 일정과 역할이 사라진 자리에 시간이 갑자기 넓게 펼쳐져 보였다. 아내와 딸의 얼굴을 다시 한번 바라보며 지난 시간들이 필름처럼 겹쳐 지나갔다.

늦은 나이에 시작한 공직 생활 집에 늦게 돌아오던 날들 이유를 묻지 않고 기다려 주던 저녁의 시간들 아내에게 감사하다는 말은 굳이 하지 않았다. 대신 그 자리에 함께 서 있는 것만으로도 서로가 견뎌온 시간은 이미 충분히 전해지고 있다는 생각이 들었다. 퇴직은 끝이 아니라는 말을 그날 처음으로 실감했다. 더 이상 조직의 일정에 맞춰 움직이지 않아도 된다는 사실은 분명 자유였지만 동시에 불안이기도 했다.

정해진 역할이 사라진 뒤에도 내가 설 자리가 남아 있을지, 그 자리에서 다시 하루를 시작할 수 있을지 스스로에게 조용히 물었다. 돌아보면 젊은 시절의 삶은 늘 무언가를 버티고 증명하는 일의 연속이었다. 춥고 배고프던 시간도 있었고, 뒤늦게 시작한 공부와 시험의 압박 속에서 불안과 기대가 뒤섞이던 날들도 있었다. 그 험난한 시간을 지나 여기까지 왔다는 사실이 그날 따라 유난히 또렷하게 다가왔다. 잘해왔다고 말하기에는 부족했을지 모르지만, 적어도 멈추지 않고 정직하게 여기까지 걸어왔다는 생각만은 분명했다.

집으로 돌아오는 길은 평소와 다르지 않았다. 같은 길 같은 신호등 같은 풍경이었다. 그러나 차창 밖으로 스쳐 지나가는 풍경을 바라보는 마음은 달랐다. 오랜 시간 속해 있던 세계에서 한 발짝 물러났다는 감각이 서서히 자리 잡았다.

차에서 내려 집으로 들어서는 길로 길목에서 나는 한때 바닷바람을 맞으며 걷던 소년처럼 발걸음을 옮겼다. 약속의 무게를 회복하는 일, 그것은 이제 공직자의 직함이 아닌 인간으로서 내가 이어가야 할 새로운 계약이다. 해 저무는 도심의 풍경 속으로 걸어 들어가는 나의 뒷모습 위로 오랫동안 잊고 있었던 섬 소년의 맑은 눈동자가 겹쳐 보였다.

전환 글 ——

앞의 이야기들은 한 사람의 삶이 지나온 자리에서 비롯되었다. 제도와 규정의 언어로 설명되지 않았던 순간들 판단의 끝에서 남겨졌던 마음들, 그리고 현장에서 마주한 작고 구체적인 장면들이었다. 그 경험들은 언제나 개인의 몫으로 남았지만 동시에 개인을 넘어서는 질문으로 이어졌다.

삶의 자리에서 품게 된 질문은 결국 사회를 향했다. 현장에서 마주한 불합리와 망설임, 설명되지 않던 차이들은 어느 순간 개인의 사정이 아니라 구조의 문제로 보이기 시작했다. 침묵하거나 넘길 수도 있었지만 나는 그 질문들을 마음속에만 두지 않았다.

이 책의 뒤쪽에 묶인 글들은 그런 질문들이 사회를 향해 건네진 흔적이다. 에세이에서 출발한 시선이 칼럼이라는 형식을 빌려 공적 공간으로 나아간 기록이며 개인의 경험이 사회적 언어로 옮겨진 과정이기도 하다. 앞의 글들이 삶의 현장을 기록한 이야기라면 뒤의 글들은 그 현장에서 비롯된 질문이 사회를 향해 던져진 자리다.

이 두 부분은 서로 다른 장르처럼 보일 수 있지만 출발점은 같다.

삶에서 시작된 질문이 사회로 향했고, 그 질문은 다시 우리 각자의 자리로 돌아온다. 이제 그 질문의 궤적을 따라 사회를 향한 언어로 넘어간다.

지금부터의 글들은 삶의 자리에서 품었던 생각들이 조금 더 사회로 나간 기록들이다. 에세이에서 시작된 시선이 칼럼이라는 형식을 통해 사회를 향해 말을 건네기 시작한 과정이기도 하다.

특별한 결심이라기보다, 마음속에 머물던 질문들을 그냥 흘려보내지 못했던 결과에 가까웠다.

현장에서 느꼈던 작은 의문과 망설임들이 어느 순간 더 넓은 이야기로 이어졌고, 그 생각들을 조금은 또렷한 문장으로 남겨보고 싶었다.

그래서 몇 편의 글은 자연스럽게 개인의 기록을 넘어 공적인 언어를 갖게 되었다. 이제 그 질문들이 어떤 언어로 기록되었는지, 그 흔적을 따라가 보고자 한다.

공직의 자리에서 보낸 시간은 결국 사람과 사회를 향해 있었다. 현장을 지나며 마주한 질문들은 시간이 흐를수록 사라지기보다 더 또렷해졌다. 이 글들은 신문 지면에 기고했던 칼럼들 가운데 일부를 모은 것이다. 그때의 현실을 바라보며 쓴 글들이지만, 지금 돌아보면 내가 지나온 시간 속에서 쌓인 질문의 연장에 가깝다. 이 장은 묻는다. 우리는 지금 어떤 사회를 살아가고 있으며, 무엇을 보고 무엇을 놓치고 있는가.

제5부

사회를 향한 질문

언론과 권력

언론은 권력을 감시하는 존재로 말해진다. 그러나 현실에서 언론과 권력의 관계는 그렇게 단순하지 않다. 같은 사건도 어떤 시선으로 다루어지느냐에 따라 전혀 다른 의미로 전달된다. 그 차이는 개인과 조직, 그리고 사회에까지 영향을 미친다. 이 글은 언론과 권력 사이의 관계를 통해 우리가 보고 있는 현실이 얼마나 정확한지 질문하고자 한다.

1) 방송장악에 맞선 언론인들의 저항운동이 필요하다. [한겨레신문 2023.11.6.]

윤석열 정부 들어 뻔히 예상되는 방송장악 과정이 눈앞에서 진행되고 있지만 정작 핵심 당사자라 할 수 있는 방송 구성원들의 유효한 저항 행동은 아직 가시화하지 않고 있다. 한상혁 방송통신위원장 구속영장 청구, 김의철 한국방송(KBS) 사장 해임, 와이티엔(YTN) 지분 매각, 정연주 방송통신심의위원회(방심위) 위원장 해촉, 이광복 방심위 부위원장 해촉, 민주당 추천 최민희 방통위 상임위원 임명 보류, 국민의힘 추천 이상인 방통위 상임위원 임명 등은 방송 장악의 한 과정에 있다. 언론에 대한 부당한 외부 행태에 대해서는 현직 언론인들이 발 벗고 나서야 할 터인데 그런 치열한 모습은 보이지 않고 있다. 과거 정권 때 언론의 대정부 투쟁 이후 언론인들이 개인적으로 당한 불이익 때문일까.

오늘날 한국 언론이 처한 어려움은 첩첩산중이다. 정치권력의 언론 공작이 시대에 따라 진화하는 현재진행형이기 때문이다. 박정희·전두환 시절 보도지침 등을 통한 직접적 언론탄압 통제가 자행됐다. 노태우는 신문을, 이명박은 방송을 대거 등장시켜 출혈 경쟁이 이뤄지도록 만들면서 언론의 독립과 공정성을 훼손했다. 이후 언론은 정치권의 입김에서 자유롭지 못한 거대자본 또는 포털에 의존하고 있고, 박근혜는 인터넷 신문 통제를 시도하려다 미수에 그쳤다.

이동관 방송통신위원장은 이명박 정부 시절 방송에 낙하산 사장을 앉힌 뒤 비판적인 언론인을 축출하고 해고하는 방식 등으로 언론을 모질게 탄압하고 언론 장악을 이루려 했던 장본인이다. 현 정부는 그러한 경험을 가진 이동관 방송통신위원장을 통해 또다시 방송장악을 시도할 것이며 언론을 재정적으로 압박해 길들이거나 그게 어려우면 아예 공영방송 기능을 무력화할 것이라고 한 시민사회와 언론인들의 예상과 우려가 현실화해 가고 있다.

필자와 같은 평범한 시민은 언론이라는 창을 통해 세상을 들여다본다. 공정한 언론을 지켜야 하는 이유는 투명해야 할 언론이라는 창에 빨간 칠을 해버리면 세상이 온통 빨갛게 보이고 여론이 왜곡돼 그 피해는 오롯이 국민에게 돌아가기 때문이다.

언론은 자신의 역할이 권력에 대한 비판이고 권력에 대한 감시라는 점을 직시하고 제발 다시 한 번 소명을 갖기 바란다. 체면이고 명분이고 모두 벗어 던져버리고 절차적인 정의도 무시하면서 묻지마 방식으로 행해지는 저들의 광폭한 방송장악 질주를 기자회견이나 성명서 발표 수준으로는 결코 저지하지 못할 것이다. 방송 구성원들이 저들의 공영방송 장악을 막아내고 공영방송답게 지켜내기 위해 떨쳐 일어나야 한다. 공영방송의 실질적 주인인 시민과 시청자들 또한 어려웠던 지난 시기에도 그랬듯이 공정방송 쟁취 투쟁에 적극 호응해서 함께 싸워야 한다.

언론의 독립성과 공정성은 언론 자유의 전제 조건이다. 언론이 정치 진영에 가담하거나, 지배 권력의 치마폭으로 스스로 기어들어 갈 때 민주주의는 질식한다. 여기다 유튜브 방송까지 가세해 국민의 확증 편향을 부추기고 있음은 참으로 우려스러운 일이다. 역사가 사람에 의해 해석된 기록이듯 언론 또한 보도 방향이란 스펙트럼을 거친 기사를 내놓는 것은 당연한 일처럼 보인다. 하지만 그 방향이 공공의 이익이 아니라 정권의 홍보와 여론 호도의 목적이라면 문제가 심각하다. 진실까지는 못 가도 적어도 사실 정도는 보도하는 건강하고 공정한 언론 생태계를 만나고픈 지극히 평범한 소원이 이뤄져 제발 다시 뉴스를 사랑하게 되기를 소망한다.

···

침묵의 풍경 앞에서, 나는 신문을 덮지 못했다

법과 절차라는 매끄러운 외피를 입고 진행되는 언론 환경의 변화를 목격하며 나는 질문을 잃어가는 세상의 공기를 기록하고 싶었다. 언론인이 아닌 한 명의 시민으로서 내가 느낀 불안은 언론의 침묵이 깊어질수록 우리 삶의 기반인 공공성의 영역이 소리 없이 잠식당한다는 위기감이었다. 질문자가 관전자로 물러나고 침묵이 당연한 선택처럼 여겨지는 시대.

이 글은 결론을 내기 위함이 아니라 무뎌져 가는 우리의 관심을 일깨우고 시민의 권리인 질문을 끝내 놓지 않기 위해 남겨둔 절박한 메모다.

2) 후쿠시마 오염수 정보도 공개 않는 일본을 왜 대변하나 [한겨레신문 2023.7.31.]

후쿠시마 오염수 방류가 초읽기에 들어가면서 찬반양론이 격화하고 있다. 오염수 방류에 대해 국민의 우려를 괴담과 선동으로 치부하고 앞장서서 일본 입장을 대변하는 정부와 여당의 태도를 도저히 이해할 수가 없다.

부산을 포함해서 한국과 태평양 연안에 있는 다른 나라의 어업인이나 일반인은 일본의 오염수 방류로 얻는 이득이 아무것도 없다. 그런데 왜 이들이 바다 환경의 방사능 오염에 직면해야 하는가. 일본 자국의 단기적 이익을 위해 인류 공동의 이익을 해치는 행위에 대해 왜 우리 정부가 앞장서서 일본을 옹호하고 있는가.

인간이 오염수를 방류해 만들 위험에 대해, 한번 방류하면 돌이킬 수 없는 위험에 대해, 후속 세대까지 지속할 위험에 대해, 전문가들 사이에서도 의견이 일치하지 않는 위험에 대해 불안해하는 국민에게 정부와 여당은 답해야 한다. 오염수 배출을 정당화하려면 오염수 배출에 따른 공동체의 이득이 경제·사회·환경적 해로움보다 커야 한다는 목소리에 대해서도 답해야 한다.

정부와 여당은 국민의 우려를 광우병 괴담과 선동이라고 주장한다. 광우병 파동 때 많은 국민이 촛불을 들었기 때문에 30개월 이하로 월령을 제한하고 특정 부위 수입을 금지하는 등 보건 주권과 검역 주권을 확보하는 계기가 됐다. 또한 소에게 먹이던 육골분, 맥주 찌꺼기 등 단백질 사료를 제한하는 미국의 정책을 이끌어냈다. 그 결과 미국은 세계동물보건기구(OIE)으로부터 광우병 청정국 지위를 얻을 수 있었다. 그럼에도 정부와 여당은 엄연한 사실을 부정하고 호도하고 있다.

후쿠시마 오염수에 대해 한국의 총리가 나서 과학적으로 전혀 문제가 없으며 마실 수도 있는 안전한 물이라고 한다. 그렇다면 일본이 방류하지 않고 자국에 가둬두고 공업용수나 농업용수로 사용하면 될 일이다. 일본 국내에 두는 건 위험하고 바다에 방류하는 건 문제가 없다니, 이런 논리적 모순이 어디 있는가.

오염수 방류에 따른 국민의 우려를 불식시키려면 명확한 과학적 데이터가 있어야 한다. 그러나 도쿄전력이라는 민간회사가 운영하는 후쿠시마 원자로는 사고가 난 뒤 지금은 어떤 상태인지 명확하지가 않다. 아무리 기사를 찾아봐도 원자로가 녹았다는 것까지는 확인 가능한데, 바닥에 있는 핵물질이 어떤 상태인지를 명확하게 알 수 없다. 방류하려는 오염수 속에 어떤 종류의 방사성 물질이 어느 정도의 농도로 들어가 있는지 그 누구도 모르는 상태다.

과학적으로 평가할 수 없는 상태에서 세슘이나 삼중수소 등 핵발전소 사고에서 나온 여러 다양한 방사성 물질이 퍼져 나가는데 모든 방사성 물질을 채집할 수 없다고 한다. 그래서 지표 물질로 보통 채집하기가 용이하고 정확도가 높은 것들을 채집한다. 세슘 같은 게 그 가운데 하나고 삼중수소도 그렇다. 그러니까 우리가 지표 물질로 채집한 것들의 유해성 논쟁을 지금 하고 있는 것이다. 기본 데이터가 없는데 해양생물에서 발견된 지표 물질의 농도를 가지고 오염수의 안전성이나 위험성에 대해 논의하는 것이 도대체 가능한 일인지 어처구니가 없다.

적어도 도쿄전력이 데이터를 갖고 있는지 여부를 정확하게 얘기해야 하고, 데이터를 갖고 있지 못하다면 왜 갖고 있지 않은지를 얘기해야 한다. 그 원자로 상태에서는 데이터를 확보하는 것자체가 불가능한 수준의 오염이 있을 수 있다. 그래서 지금의 논쟁은 터무니없는 논쟁이다. 환경 안전성과는 무관한 핵확산 방지기구인 국제원자력기구(IAEA)와 일본 민간회사의 중간에 일본 정부가 끼어 있으니 투명하게 하고 있는지 의구심을 떨칠 수가 없다. 도쿄전력은 사고가 일어난 뒤 자기들 총리 말도 듣지 않고 데이터를 숨기고 조작했다는 의혹이 제기된 바 있다. 그런데 지금 그곳에서 제공하는 데이터가 투명하다고 할 수 있을까. 이 문제를 판단하려면 필요한 정보가 있어야 하는데 정보 자체가 너무 빈약하다. 후쿠시마 오염수 문제는 판단을 보류하고 더 정확한 검증이 필요하다. 국민의 안전을 위한다면, 반대하는 국민을 설득하려면 투명한 정보 공개가 우선이다.

우리 정부와 여당은 일본 입장을 대변하고 오염수 방류를 서두를 필요가 있는가. 오염수 방류를 반대하는 대다수 국민의 소리를 먼저 듣기 바란다.

· ·

과학이라는 말 뒤에 가려진 질문들

후쿠시마 오염수 방류를 둘러싼 과학이라는 이름의 권위가 시민의 상식적인 질문과 불안을 괴담으로 치부하며 억압하는 현실을 목격했다. 국가가 자국민의 우려보다 일본 정부의 논리를 앞세우는 상황 속에서, 진정한 안심은 결론의 반복이 아닌 투명한 정보 공개와 의심을 함께 검토하는 과정에서 시작됨을 역설하고 싶었다.

이 글은 특정 수치에 대한 논쟁을 넘어, 질문하는 시민을 불안 조장자로 몰아세우는 거친 통치 방식에 경종을 울리고 바다로 흘러가는 오염수보다 먼저 사라지고 있는 시민의 질문할 권리를 붙잡아두기 위한 기록이다.

2 ———

권력과 민주주의

이 장은 권력이 민주주의와 어떻게 어긋나기 시작하는지를 돌아본다. 절차는 지켜졌다고 말하지만 대화와 책임이 사라질 때 민주주의는 조용히 약해진다. 불통은 사건이 아니라 상태가 되고, 시민은 점점 배제된 자리로 밀려난다.

1) 야당 안 만나고 주변엔 검사뿐…대통령의 불통이 위태롭다.[한겨레신문 2023.6.5.]

취임 전 윤석열 대통령은 소통을 강조했다. 국민과 소통하겠다며 대통령실을 용산으로 옮겼다. 그러나 윤 대통령은 취임 뒤 1년이 지나도록 국민과의 소통은커녕 국정 파트너인 야당 지도부를 단 한 번도 만나지 않은 진기록을 세우고 있다.

남은 임기를 걱정하는 국민이 많다. 고환율, 고물가, 고금리의 고통을 서민들은 온몸으로 버티고 있는데 민생은 뒤로 한 채 출구 없는 정쟁을 벌이는 정치권과 윤석열 정부의 국정운영에 국민은 불안하기만 하다. 유례없이 낮은 집권 초 지지율은 대통령의 각성을 촉구하는 민심의 경고인데도 대통령의 안일한 상황인식이 위태롭기 짝이 없다.

민주주의란 나와 다른 생각의 존재를 인정하는 데서부터 출발한다. 집권세력이 정치적 견해가 다른 야당의 존재를 인정하는 것은 민주정치의 최소한 요건이다. 부디 지금부터라도 야당과 소통하고 나와 다른 생각을 가진 국민의 목소리도 듣기 바란다. 소통은 나와 생각이 같은 사람과 하는 것이 아니라 생각이 다른 사람과 더 적극적으로 하는 것이다. 전쟁 중에도 적장과 만날 수 있어야 장수고 리더라고 한다. 한 치의 양보 없이 싸우던 정적끼리도 만나야 하고 대통령과 야당 대표가 만나고 여야 대표가 만나 끊임없이 대화하고 타협하고 설득하고 소통해야 한다. 상대방이 정적이고 친하지 않다는 감정적 이유만으로 불통이 계속된다면 그 피해는 온전히 국민에게 돌아갈 것이다. 소통은 만나기 싫은 사람과 잘 만나는 것이 목적이고 본질이다. 국정의 책임은 오롯이 대통령이 지는 것이다.

주변을 둘러보라. 지금 대통령과 주로 소통하고 있는 사람들이 자기편과 검사 출신들뿐이라면 아마추어다. 프로는 껄끄러운 사람과도 잘 소통해야 한다. 그런 점에서 윤 대통령은 나와 다른 생각을 가진 사람들하고도 충분히 얘기하려고 하는 용기를 냈으면 좋겠다. 국정 핵심요직에 검사 출신이 대거 임명돼 검찰공화국 또는 검사 전성시대라는 말이 시중에 회자하고 있다. 그 정점에는 공직 인사검증권까지 거머쥔 대통령의 최측근인 한동훈 법무부 장관이 있다. 그리고 대통령실 공직기강비서관, 법률비서관, 국무총리 비서실장, 국가보훈처장, 대통령실 인사기획관, 대통령실 총무비서관, 국정원 기조실장 등 검사 출신들로만 가득하다. 검사가 수사는 잘하겠지만 국정운영까지 잘한다는 검증이 충분하지 않기 때문에 검사 출신들에게 둘러싸여 인사편중으로 인한 대통령의 판단이 한쪽으로 치우칠 수 있다. 그 틀을 깨고 나와, 국회와 정치권 안에서 단련되고 검증된 전문가들의 얘기를 두루 경청하고 다양성과 개방성을 가지고 부디 탕평을 통해 천하의 인재들을 모아 국정을 운영해 주기를 바란다.

이재명 후보를 지지했던 국민도 윤석열 후보를 지지했던 국민도 모두 대한민국 국민이다. 대통령은 어느 한 정파의 대통령이 아닌 대한민국의 대통령이다. 남은 임기 동안은 편한 사람들하고만 소통하고 야당과는 불통하고 전 정권을 탓하는 후진성에서 벗어나 부디 야당과의 소통과 협치를 통한 민생 안정을 이루기 바란다.

· ·

말을 하지 않는 권력은 무엇을 두려워하는가

민주주의에서 정치는 불편함을 감내하며 서로의 말을 나누는 과정이다. 그럼에도 야당과의 만남을 거부하고 대화 대신 배제를 선택한 권력의 불통에 깊은 우려를 느꼈다. 특정 직업군에 편중된 인적 구성이 흑백을 가르는 수사적 논리를 강화하고 타협과 설득의 정치를 밀어낼 때 권력은 듣지 않기로 결심한 채 자기 목소리만을 진실로 착각하는 함정에 빠지게 된다.

이 글은 단순히 대통령 개인을 비판하는 것이 아니라 다른 생각을 지닌 상대를 정치의 장 밖으로 밀어내는 통치 방식이 국민 전체의 불행으로 이어질 수 있음을 경고하며 말을 멈춘 권력이 숨기고 있는 두려움의 정체를 묻기 위해 기록되었다.

2) '헌재의 폭력'과 흑백논리가 통하는 사회 [한겨레신문 2014.12.22.]

통합진보당은 끝내 헌법의 이름으로 2014년 12월 19일 해산당했다. 국가 기관의 이런 결정은 사상과 이념의 다양성은 물론 정치적 견해가 다른 국민들을 향한 선전포고라 할 수 있다. 헌법재판소 소장은 선고를 시작하며 "부디 이 결정이 우리 사회의 소모적인 이념 논쟁을 종식시키고 대한민국의 미래와 희망을 국민 모두가 함께 만들어가는 새로운 계기가 되길 바란다"고 말했다.

하지만 그의 바람대로 되지는 않을 듯하다. 헌재의 결정에 나와 같은 평범한 시민들조차도 깊은 한숨과 시름을 피할 수 없는 것은 이번 결정이 다름을 탄압하고, 비정규직·농민·노동자를 대변하는 진보 세력의 입을 막는 것으로 이어질 수 있다고 우려되기 때문이다. 이번 결정은 더 이상 진보좌파의 담론을 늘어놓기 어렵게 하는 또 다른 긴급조치와 다름이 없다고 생각한다.

정당해산제도는 이승만 정권이 행정처분으로 진보당을 해산한 전례를 반성하며 정권이 함부로 정당을 해산하지 못하도록 하기 위해 도입됐다. 그러나 이 제도가 칼이 되어 헌법의 이름으로 다시 진보당을 해산하는 정치적 도구로 쓰였다.

헌재는 자의적 결정으로 소수당에 대한 집권세력의 폭력행위에 동조했다. 헌재가 오히려 자유민주적 기본질서에 위해를 가한 것은 아닌지 스스로 되물어야 할 일이다. 민주주의는 나의 생각과 다른 생각의 존재를 인정하는 데서부터 출발한다. 집권세력이 정치적 견해가 다른 야당의 존재를 인정하는 것은 민주정치의 최소한의 요건이다. 정당해산은 국민의 지지와 신뢰에 따라 결정되어야 한다. 국가권력이 해산의 주체가 된다는 게 온당한 일인가.

진보적 민주주의를 정당 강령으로 둘 수 없는 나라가 세상 어디에 있단 말인가. 공산당이나 극우정당까지 허용하는 유럽 선진국들이 보면 한국을 얼마나 못난 국가라고 하겠는가. 70년 이어져 온 낡은 분단체제는 끊임없이 분단의 희생양을 만들어냈다. 민주주의의 열망을 주저앉히기 위해 분단을 빌미로 한 색깔공세가 끊임없이 되풀이되어 왔다.

집권세력은 국가정보원의 불법 대선개입에 대한 국민적 분노가 일자 종북몰이를 시작했고 통합진보당을 해산시키겠다고 나섰다. 그런데 지금 또다시 비선 권력개입 의혹 위기를 탈출하고자 통합진보당 해산 결정을 졸속으로 서둘러 하지 않았나 의심을 지울 수가 없다.

정권의 위기를 모면하기 위해 민주주의를 부정하고 정치적 반대자를 탄압했던 정권의 운명이 어떠했는지 역사는 증명하고 있다. 진보당 조봉암을 사형시켰던 이승만은 1년이 못 되어 4·19 혁명으로 물러나야 했고, 신민당 김영삼 의원을 제명했던 박정희 유신정권은 채 한 달도 되지 않아 막을 내렸다. 학생운동과 노동운동 등을 모질게 탄압했던 전두환 정권 역시 국민적 저항에 부닥치고 말았다.

세상은 미국조차 쿠바에 손을 내밀 정도로 이념의 벽을 허물고 있다. 시대착오적 종북몰이를 멈추어야 하는 이유는 더 이상 낡은 분단체제에 우리의 소중한 민주주의를 희생시킬 수 없기 때문이다. 자주파가 당을 장악해서 사회주의 혁명을 시도했다고 한다. 통합진보당의 진성당원은 3만 명이 넘고, 당비를 내지 않는 이들까지 합하면 10만 여 명이다. 그런데도 다수파가 당을 장악해 사회주의 혁명을 추구할 수 있을까.

터무니없는 이번 결정은 전가의 보도로 쓰일 것이다. 북한과 비숫한 주장을 하는 정치세력을 공격하기에 딱 알맞다. 흑백논리가 통하는 사회에서 이번 심판의 근거들은 앞으로 생각이 다른, 특히 집권세력의 정책에 반대하는 소수파들을 압박하는 수단으로 사용 될 것이다.

한국의 민주주의는 독재와 권위주의 세력에 맞섰던 국민의 지난한 저항을 통해 그나마 발전해왔다. 하지만 이제 헌재와 정부가 이를 부정해버렸다. 그들의 폭력으로부터 우리 사회의 현실에 절망감을 느낀다.

···

합법이라는 외피를 쓰고 등장한 헌법재판소의 최종 결정

2014년, 헌법재판소의 정당 해산 결정을 지켜보며 나는 합법이라는 외피를 쓴 폭력을 목격했다. 민주주의는 불편함을 견디는 제도이며, 마음에 들지 않는 의견과도 공존해야 하는 체제다. 다름을 흑백논리로 재단하고 제거하는 전례는 결국 우리 모두의 사유를 검열하게 만든다. 헌법은 다수가 아닌 소수의 권리를 지키는 마지막 방파제여야 한다. 그 방파제가 오히려 파도를 키우고 있지는 않은지 10여 년이 지난 지금도 나는 여전히 묻고 있다. 흑백으로 나누는 순간 질문은 사라지고 질문 없는 사회는 자유를 가장 먼저 포기하기 때문이다.

3) 정치지도자의 약속 파기가 도를 넘고 있다. [한겨레신문 2014.11.12.]

기초선거 공천 폐지, 대학생들의 반값 등록금, 노인 기초연금 20만원 지급 등 대통령이 되기 위해 후보 시절 공약했던 박근혜 대통령의 약속들이 차례차례 파기되고 있다.

약속을 한다는 행위에는 묵시적으로 그 약속을 지키겠다는 전제가 깔려 있다. 친구 간의 약속, 부모가 자식에게 하는 약속, 개인 간의 약속, 기업 간의 약속, 국가 간의 약속 어느 것 하나 중요하지 않은 것이 없다. 믿음과 신뢰가 거기에서 싹트는 까닭이다. 그래서 약속을 어기면 대부분의 경우 믿음과 신뢰가 깨지는 대가를 치르게 된다. 하물며 국민들의 운명을 짊어지고자 자발적으로 나선 국가지도자의 약속이 갖는 중요성은 아무리 강조해도 지나치지 않을 것이다. 그들의 약속에 국가의 장래와 국민의 행복이 달려 있기 때문이다.

약속을 지키는 사람이 약속을 말할 수 있으며 정직한 사람이 정직을 말할 수 있다. 거울처럼 공명정대한 사람만이 다른 사람의 특권의식과 정실을 문제 삼을 수 있다. 우리 사회가 자꾸 시끄럽고 거꾸로 가는 듯한 생각이 드는 까닭은 무엇인가? 거짓말쟁이가 다른 사람더러 진실하라 주장하고 도둑질을 일삼는 자가 정직을 입에 올리기 때문이다. 약속을 지키지 않는 자가 약속을 얘기하고 무위도식하는 자가 근면을 외치고 표리부동한 자들이 양심을 이야기하기 때문이다. 개혁의 대상자가 개혁을 입에 올리기 때문이다.

국민들은 기억하고 있다. 박근혜 대통령이 18대 대통령선거에서 당선이 확정되자 2012년 12월20일 새벽 서울 광화문 거리로 나가 국민에게 내뱉은 일성이 "국민 여러분 저 박근혜는 약속 대통령이 되겠습니다. 국민과 한 약속은 반드시 지키겠습니다"였다는 것을.

박 대통령이 자기는 실천할 수 없는 것은 절대 약속하지 않는다고 했다. 모든 약속이 재정적으로 실행 가능한지 한 개 한 개 모두 따져보고 또 따져봤다고 전국민에게 공언했다. 1998년 정치에 입문한 박 대통령은 정치역정 내내 약속과 신의를 중시하는 행보를 보였고 여기서 얻은 국민적 신뢰를 바탕으로 국가지도자의 반열에 올라섰지만 웬일인지 대통령에 당선되고 난 뒤에는 약속을 어기는 일이 다반사가 되고 있다.

여권이 내세우는 논리대로 '잘못된 약속을 지키느니 차라리 약속을 파기하는 게 낫다'는 주장에도 일리가 없지 않으나 지도자가 되겠다고 선거에 나서 국민 앞에 어떤 약속을 했다면 피치 못해 그 약속을 어기게 됐더라도 진정성 있는 해명과 사과는 국민에 대한 최소한의 도리이다. 올 초부터 공약 파기를 공식화하고 나선 새누리당과 여권이 보여주는 태도를 보면 국민은 안중에 없을 뿐 아니라 본말이 전도됐다는 생각을 지우기 어렵다.

약속에 책임지는 행위와 그 약속이 애당초 잘못된 것이기에 지킬 수 없다는 것은 차원이 다른 문제다. 약속에 대한 책임은 뒷전으로 미뤄둔 채 '그 약속에 문제가 있어 지키기 어렵다'고 강변한다면 어떤 국민이 납득할 수 있을까. 그 약속의 주체가 공당의 대통령 후보이고 대통령이라면 더욱 그렇다.

박근혜 대통령은 지금껏 약속 파기에 대해 별말이 없다. 국민들은 이 상황을 어떻게 바라볼까.

···

약속이 사라질 때, 정치는 무엇을 위해 서는가

이 글은 정치인의 공약이 단순한 정책을 넘어, 시민과 맺는 공적 계약이자 권력 위임의 근거임을 강조한다. 약속의 파기가 사과나 설명 없이 반복될 때, 민주주의의 근간인 정치적 신뢰는 서서히 무너진다.

정치는 완벽할 수 없다. 그러나 상황의 변화로 약속을 지키지 못했다면, 그 실패조차 책임 있게 설명하고 정직하게 마주해야 한다. 그 과정이야말로 정치의 신뢰를 지탱하는 최소한의 조건이기 때문이다. 지금처럼 책임의 정치가 실종되고 시민의 냉소가 일상처럼 굳어가는 현실에서, 약속의 무게를 다시 회복하는 일은 선택이 아니라 필수다. 그것이야말로 정치의 품격을 지키고, 민주주의를 유지하는 가장 기본적인 길이다.

역사와 책임

광복 80년을 지나온 지금 우리는 과거를 얼마나 정리한 사회인가를 묻지 않을 수 없다. 역사는 지나간 일이지만 책임은 여전히 현재의 문제로 남아 있다. 이 장의 글들은 미뤄온 책임의 무게를 돌아본다.

1) 광복 80년 앞두고도 청산 못한 역사, 친일문제 공론화하자 [한겨레신문 2023.4.17.]

우리가 역사에서 물려받은 분열의 상처는 친일과 항일, 좌익과 우익, 그리고 독재시대의 억압과 저항의 과정에서 비롯한 것이다. 이를 극복하기 위해서는 그 시대의 역사에 대한 올바른 정의와 청산이 이뤄져야 한다.

친일의 역사로부터 비롯한 분열과 갈등이 광복 70년이 지난 지금에 이르러서도 해소되지 않고 있다. 해방은 됐으나 좌우대결에 매몰돼 친일세력의 득세를 용납했고 그 결과, 친일세력의 단죄는

커녕 역사의 진실조차 채 밝히지 못했기 때문이다.

우리는 해방 직후 나라를 세우는 일이 먼저라는 이유로 친일청산에 눈을 감았다. 그 결과 정의가 부정되고 가치는 뒤집혔다. 자신의 영달을 위해 나라를 배신했던 친일파들은 일본을 등에 업고 많은 땅과 재산으로 부와 권세를 누렸고 대를 이어 그 후손들도 학계, 문화예술계, 언론계, 정치계 등 우리 사회의 곳곳에서 기득권과 영향력을 행사하며 당당하게 살고 있다.

친일파가 장악해버린 대한민국. 그래서 한국사회에서는 해방 뒤 반세기 가까이 친일이라는 말을 함부로 입에 담아서는 안 되는 침묵의 카르텔이 형성된 것이다.

우리는 왜 또다시 친일문제를 얘기해야 하는가. 과거 청산과 극복 없이는 희망도 미래도 없기 때문이다. 민족정기를 살려 나가고 정체성을 바로 세워 나가기 위해서는 청산의 절차가 필요하다. 친일청산은 비극의 현대사를 극복하기 위해 반드시 필요한 과정이다.

일본 제국주의 억압에서 벗어난 지 70여 년이 지났지만 우리는 식민지배의 흔적을 얼마나 지웠는가. 사회 곳곳에 포진한 친일, 변절, 독재가 당당하게 권세를 누리는 '그들만의 조국'이 오늘의 대한민국이다.

되돌아오지 않는 과거는 없다. 그것이 우리가 역사를 배우는 이유다. 친일은 청산해야 할 과거다. 손으로 하늘을 가릴 수는 없다. 그러나 대다수 친일 후손들은 선조의 과거에 대해 침묵으로 일관하고 있다. 반성하지 않은 민족에게는 미래가 없다. 친일파 청산은 사회정의를 세우는 동시에, 다른 사람들이 더 이상 그런 행위를 반복하지 않게 하기 위해서도 필요하다. 우리 아이들에게 불의와 타협하지 않아도 성공할 수 있다는 증거를 보여주기 위해서다.

과거의 상처와 아픔에 대한 치유 없이 미래를 기대할 수는 없다. 당시 친일파는 이미 사라졌지만, 그들이 끼친 악영향은 우리 사회 곳곳에 깊게 남아 있다. '옳은 일을 하면 손해 본다', '불의와 타협해야 대를 이어 잘산다'는 학습된 패배주의가 그렇게 만들어졌다.

친일문제를 다시 공개적으로 논의하고 공론화할 기회와 시스템을 만들어야 한다. 독일은 지금도 나치 전범들에 대한 추적을 멈추지 않고 있다. 우리의 친일청산과 과거 극복 역시 여기서 멈춰서는 안 된다. 친일청산은 아직 끝난 문제가 아니다. 충분히 해결되지 않았고, 앞으로도 재발할 가능성이 있기 때문에 반성적 성찰을 통해 지속적으로 다뤄야 할 문제다.

친일행위자뿐 아니라, 그걸 제대로 청산하지 못한 우리 자신도 통렬히 반성해야 한다. 우리가 광복 80년을 앞두고 있다고 하지

만, 엄밀한 의미에서 해방도 광복도 되지 못한 어정쩡한 상태에
머물러 있는 것은 아닌지 스스로에게 물어야 한다.

· ·

과거를 외면한 사회는 미래를 말할 자격이 있는가

해방 이후 정의의 문제를 유보한 채 친일 세력이 권력의 주류로 편입
된 역사는 불의와 타협해도 성공할 수 있다는 냉소적인 가치관을 우리
사회에 깊게 각인시켰다. 청산되지 않은 과거는 단지 지나간 사건이 아
니라 오늘의 민주주의를 규정하며, 과거의 책임에 침묵하는 사회는 현
재의 부조리 앞에서도 무력해질 수밖에 없다.

이 글은 친일 문제를 소모적인 이념 논쟁이나 편 가르기로 치부하
는 시각을 경계하며 광복 80년을 앞둔 우리가 불의한 역사를 정면
으로 마주하고 사회적 기준을 바로 세울 때에야 비로소 다음 세대
에게 정의로운 미래를 말할 자격이 주어진다는 점을 역설한다.

4 ———

시민의 눈으로 본 사회

이 장의 글들은 거창한 제도보다 일상에서 드러나는 태도에 주목한다. 모든 문제를 남의 탓으로 돌리는 사회에서 시민의 책임은 어디까지인가를 묻는다. 작은 무례와 무관심이 사회를 어떻게 바꾸는지도 살핀다.

1). 내 탓은 없고 온통 네 탓, 먼저 자신을 돌아보라 [조선일보 2004.3.31.]

요즘 주요 현안마다 비생산적이고 소모적인 이념 대립과 국론 분열이 어느 때보다 심각한 상황이다. 이러한 국가적 위기 앞에서 정치권은 정치권대로, 국민은 국민대로 자신의 눈의 들보는 보지 못하고 상대방 눈의 티를 가지고 삿대질을 하고 있다.

그동안 우리 사회의 구성원 대다수는 내 탓은 없고 모두가 네 탓만 해왔다. 불평과 불만은 가득하면서 책임은 외면한 채 자유와 권리만을 외쳤다. 모두가 상대방은 나쁘고 자신들은 옳다고 말한다.

경영자들은 노동조합의 파업을 탓하고, 노동자들은 가진 자들의 부패를 탓한다. 정부와 정치를 욕하고 국회의원을 욕하며, 탈세하는 부자들을 욕하고 교통체증과 무질서를 탓한다. 들어보면 모두 옳은 말이고 참으로 의로운 사람들이다. 한마디로 우리나라에는 바르고 의로운 사람들이 가득한 듯 보인다. 참으로 좋은 나라다.

그런데 왜 모두 다른 사람들만 나쁘고 잘못했다고 말할까. 신문과 방송에는 왜 부정적인 뉴스가 가득할까. 그 많은 의인들은 다 어디에 있을까.

부패한 정치인을 욕하면서도 한편으로는 유력 정치인과의 관계를 꿈꾸며 기회가 오면 그를 통해 특별한 혜택을 누리기를 바란다. 권력과 탈세, 투기로 치부한 부자들을 욕하면서도 그 대열에 끼지 못함을 아쉬워한다. 남의 잘못은 크게 보고 자신의 잘못은 정당화하거나 합리화하는, 그야말로 자신의 눈에 박힌 들보를 보지 못하는 잘못된 의식에 빠져 있는 것은 아닌지 돌아볼 일이다.

비판은 반드시 필요하다. 그러나 그 비판은 자신이 그 대상이 되지 않을 때 비로소 정당성을 갖는다. 행위뿐 아니라 양심까지 포함해서 말이다. 스스로 같은 잘못을 저지르면서 남을 비판하는 것은 비판이 아니라 흠뜯기에 불과하다.

바른 말만 한다고 해서 바른 사람은 아니다. 바른 마음을 가지고 바른 말과 함께 바른 행동을 하는 사람이 바른 사람이다. 남을 비판하기 전에 자신의 양심과 행동을 먼저 돌아보는 성찰이 필요하다.

우리 사회가 자꾸 시끄럽고 거꾸로 가는 듯한 느낌을 주는 까닭은 무엇인가. 거짓말쟁이가 다른 사람에게 진실을 요구하고, 도둑질을 일삼는 사람이 정직을 말하며, 무위도식하는 자가 근면을 외치고, 표리부동한 사람들이 양심을 이야기하기 때문이다. 원칙이 지켜지고 상식이 통하는 사회, 반칙을 저지르는 자가 설 자리가 없는 사회를 위해 우리 모두 스스로를 돌아볼 때다.

· ·

책임을 외면하는 사회는 왜 앞으로 나아가지 못하는가

사회적 갈등 앞에서 분노의 화살을 항상 타인에게만 돌리는 책임의 부재가 우리 공동체를 어떻게 정체시키는지 성찰했다. 남의 잘못을 비난하는 일은 쉽지만, 그 이면에 숨은 자신의 침묵과 방관을 돌아보는 일은 불편하기에 우리는 비판을 문제 해결이 아닌 감정 배출의 수단으로 소모하고 있다. 민주주의는 권리 이전에 책임을 나누는 시스템이다. 내 탓을 생략한 정의는 공동체를 흑백의 적대 구도로 갈라놓을 뿐이다.

이 글은 무책임한 비난의 반복을 멈추고, 나는 어떤 위치에 서 있었는가를 묻는 자기 성찰이야말로 우리 사회가 다시 대화를 시작하고 앞으로 나아갈 수 있는 최소한의 출발점임을 역설한다.

2) 휴대전화 예절이 없다. [동아일보 2004.4.7.]

휴대전화가 현대인의 필수품이 되면서 그 기술은 날로 발전하고 있는 데 반해 휴대전화 예절은 퇴보하고 있는 것 같다. 많은 사람이 모이는 버스나 지하철은 물론이고 수업 중인 대학 강의실에서조차 휴대전화가 마구 울려댄다.

강사 활동을 모니터하기 위해 20대부터 60대까지 다양한 연령대가 수강하는 서울시립대 내의 시민대학 강의실에 자주 들어가는 편인데, 최근 겪은 일은 황당할 따름이다.

"띠리리~ 띠리리리~, 띠리리 띠리리리."

수업 분위기를 깨며 갑자기 휴대전화 소리가 울렸다. 주위의 따가운 시선에도 아랑곳하지 않고 한 학생이 고개를 약간 숙인 채 전화를 받았다. 할 얘기 다 하고 전화를 끊은 그는 아무 일도 없었다는 듯 다시 책을 집어 들었다. 강의실이 다시 잠잠해졌다. 곧이어 지진이 나는 듯한 소리가 났다. 진동 모드의 휴대전화들이 책상 위에서 떠는 소리였다. 신변잡기를 휴대전화상으로 여기저기서 속삭이는 바람에 수업 분위기는 다시 망가졌다.

이번엔 전화 벨소리가 시끄럽게 났지만 아무도 전화를 받지 않았다. 서로 얼굴을 쳐다보면서 "누구냐"며 짜증을 내지만 가방 속에서 벨은 계속 울렸다.

절제되지 않은 휴대전화 사용 때문에 휴대전화의 유용성이 빛을 잃지 않을까 걱정이 앞선다. 학교 측도 뾰족한 해결책은 없다. 단지 '강의실 내 휴대전화 사용 금지'라는 벽보를 붙이는 정도다. 이미 굳어진, 잘못된 휴대전화 문화는 개선될 기미가 보이지 않는다.

지난 수십 년간 우리 삶은 경제적 성취에 매달려 왔다. 끊임없는 경쟁 속에서 '나만 좋으면 그만'이라는 가치관이 우리 사회를 지배하게 됐고 남을 존중하고 배려하는 마음이 약화됐다. 혹시 자신이 공중도덕 불감증에 걸린 채 이기주의자로 살아가는 사람은 아닌지 스스로를 돌아볼 때가 된 것 같다.

· ·

기술은 앞서가는데, 태도는 멈춰 서 있다

휴대전화가 가져온 편리함 이면에서 공공장소의 최소한의 예의와 배려가 사라지는 문화 지체 현상을 통해 우리 사회의 성숙도를 성찰했다. 기술의 발전 속도를 따라가지 못하는 개인의 무분별한 편의주의가 강의실과 대중교통 등 공동의 공간을 잠식하는 현실은 타인의 권리를 존중하는 사회 규범이 얼마나 취약해졌는지를 보여준다.

이 글은 단순히 휴대전화 예절을 훈계하는 것이 아닌, 기술의 도구가 배려라는 공존의 가치를 압도하지 않도록 우리 자신의 의식이 먼저 성숙해져야 함을 강조하며 공동체의 기본을 다시 묻는 성찰의 기록이다.

5 ——

교육과 스승

이 장은 교육이 지식 전달을 넘어 관계와 신뢰의 문제임을 이야기한다. 스승의 권위가 무너진 자리에서 아이들은 무엇을 배우고 있는가. 교육의 위기는 결국 어른의 태도에서 시작된다는 질문이다.

1) 스승에 대한 신뢰와 존경이 아이들 미래를 바꾼다. [문화일보 2005.5.10.]

'스승의 은혜는 하늘 같아서, 우러러 볼수록 높아만지네….' 매년 5월15일은 스승의 날이다. 언론에선 스승의 날 특집을 다루고 한결같이 스승의 은혜는 하늘 같다고 말하고 있다.

그러나 요즈음 선생님들은 자신이 더 이상 존경이나 감사의 대상이 아니고 단순히 가르치는 직업인일 뿐이라고 자조 섞인 말들을 하고 있다. 한때는 스승의 날을 휴일로 정하고 5월 한 달을 촌지 없는 달로 정해 스승을 뇌물과 연결시킴으로써 스승의 날이 곤혹스러운 날로 변질되기도 했었다.

스승의 삶에서 가장 큰 기쁨은 천하의 영재를 얻어 교육하는 것을 꼽는다. 또 군사부일체라고 해서 임금과 함께 스승과 아버지를 같은 위치에 올려놓고 스승을 존경했다. 그런 전통을 가진 우리가 언제부터인가 스승의 날이 촌지 받는 날로 인식돼 학부모와 교사 학생 모두에게 부담스러운 날이 되고 말았다. 내 자녀를 잘 지도해 달라는 선의의 선물이 촌지로 변질되면서 이 땅의 교육이 서서히 무너지기 시작한 것은 아닐까.

초등학교 시절 나는 쉬는 시간에 친구와 잠깐 학교 뒷동산에 갔다가 수업을 빼먹고 말았다. 그 사실에 몹시 화가 난 선생님은 좀처럼 들지 않던 회초리를 들었다. 종아리가 퉁퉁 부어 집으로 돌아간 나는 어머니께 자초지종을 얘기했고, 나는 또다시 어머니로부터 심한 꾸중을 들었다. 다음날 어머니는 짚으로 싼 계란 몇 알과 말린 오징어 두 마리를 들려 선생님께 보냈다. 퉁퉁 부어 터진 내 종아리를 본 선생님은 순간 돌아서서 눈물을 훔치는 것 같았다. 그 눈물을 나에게 보이지 않으려고 황급히 교실을 빠져나가던 선생님을 지금도 잊을 수가 없다. 스승은 가르쳤다는 그 단순한 사실 하나만으로 스승이 되는 것은 아니다. 무엇인가 엄청나게 가르치지는 않아도 나의 가슴에 영원히 아로새겨지는 그런 느낌을 주신 분들이 스승으로 남게 되는 것이다.

아들 5형제를 키운 어머니는 아들들이 버거우면 으레 '선생님께 가서 여쭤보자'고 입버릇처럼 말했다. 세상에서 가장 존경하는 분이 선생님이었고 그 스승의 가르침으로 아들들을 길러야 한다는 것은 어머니의 신념이었다. 가난 속에서도 아들 5형제를 키운 것은 그런 어머니의 지혜 때문이었다고 믿는다. 스승을 그렇게 극진히 존경하던 그 옛날에 훌륭한 스승이 더 많았을까.

자기 아이 나무랐다고 툭하면 선생님을 고소하고 학교로 찾아가 선생님을 호통치는 똑똑한 엄마들이 많은 세상에서는 훌륭한 스승도 적어질 수밖에 없을 것이다. 스승의 날 그래도 훌륭한 선생님들에 대한 기대를 버릴 수가 없다. 아이들은 우리의 미래다. 스승의 날은 우리의 미래를 맡긴 스승의 은혜를 기리는 날이다. 스승에 대한 신뢰와 존경이 그분들로 하여금 가르치는 것을 천직으로 삼고 사도의 길로 가도록 하는 일이 아니겠는가?

. . . .

교육은 제도가 아니라 관계의 언어로 완성된다

교육 현장에서 지식과 기술은 넘쳐나지만 정작 가르치는 이를 향한 신뢰와 존중이라는 관계의 언어가 사라진 현실에 대해 깊은 우려를 담았다. 교사가 신뢰의 주체가 아닌 민원의 대상으로 전락하고 교육이 공동체의 과업이 아닌 소비의 대상으로 변질될 때 아이들이 배우는 것은 비판적 사고가 아닌 힘의 논리뿐임을 직시해야 한다.

이 글은 과거의 권위주의를 옹호하는 것이 아니다. 스승을 존중하는 태도야말로 아이들에게 타인을 신뢰하는 법을 가르치는 최소한의 교육적 환경임을 역설하며 교육이 무너진 관계를 회복하고 다시 공동체의 책임으로 돌아올 수 있는지 묻는 절박한 질문이다.

2) 그리운 선생님의 회초리 [서울신문 2005.5.9.]

누구나 어릴 적 선생님에 대한 추억을 간직하고 있을 것이다. 내 어릴 적 선생님은 그저 교과서나 가르치는 분이기보다는 은연중 삶의 방향을 가리켜준 나침반 같은 존재였던 것 같다.

초등학교 시절 나는 쉬는 시간에 친구와 학교 뒷동산에 갔다가 수업을 빼먹고 말았다. 몹시 화가 나신 선생님은 좀처럼 들지 않으시던 회초리를 드셨다. 종아리가 퉁퉁 부어 집으로 돌아간 나는 어머니께 자초지종을 고했고, 어머니께 또다시 심한 꾸중을 들었다.

다음 날 어머니는 짚으로 싼 계란 몇 알과 오징어 두 마리를 들려 보냈다. 퉁퉁 부은 내 종아리를 본 선생님은 돌아서서 눈물을 훔쳤고, 눈물을 보이지 않으려고 황급히 교실을 빠져나가던 모습을 지금도 잊을 수 없다. 스승은 가르친다는 것만으로 스승이 되는 것은 아니다. 무엇인가 엄청난 것을 가르치지는 않았어도 우리 가슴에 영원히 아로새겨지는 그런 느낌을 주신 분들이 스승으로 남게 되는 것이다.

아들 5형제를 기르신 어머니는 아들들이 버거우면 으레 '선생님 께 가자.' '선생님께 여쭤보자.'는 것이 입버릇이셨다. 세상에서 가 장 존경하는 분이 선생님이셨고 그 가르침으로 아들들을 길러야 한다는 것이 어머니의 신념이었다. 가난 속에서도 아들 5형제를 반듯하게 기를 수 있었던 것은 그런 어머니의 지혜 때문이었다고 나는 믿는다.

예전에는 선생님을 그렇게 극진하게 존경하는 부모님들이 있었 기 때문에 훌륭한 스승이 더 많았는지도 모르겠다. 자기 아이 나 무랐다고 툭하면 선생님을 고소하는 '똑똑한' 엄마들이 많은 세상 에서는 훌륭한 스승도 적어질 수밖에 없을 것이다. 아이들은 우리 의 미래다. 스승의 날은 우리의 미래를 맡긴 스승의 은혜를 기리 는 날이다. 그분들에 의해 우리 아이들이 훌륭해질 수 있다. 스승 에 대한 신뢰와 존경이 그분들로 하여금 가르치는 것을 천직으로 삼고 사도의 길로 가도록 하는 일이 아니겠는가?

··

체벌의 기억이 아니라 책임을 가르치던 교육의 얼굴

과거의 회초리가 지녔던 의미를 물리적 체벌이 아닌, 잘못과 성 장을 연결하던 책임의 구조와 어른들 간의 단단한 신뢰라는 관점에 서 복기했다. 체벌 금지로 아이의 인권은 높아졌으나 그와 동시에 책임을 가르칠 언어와 교육적 권위마저 사라진 현실을 짚으며, 교육은 교사 혼자의 몫이 아닌 가정과 사회가 같은 기준으로 협력할 때 완성됨을 역설했다.

이 글은 과거로의 회귀가 아니라 회초리가 사라진 빈자리에 무엇을 채울 것인지 묻는 성찰이며, 다시금 신뢰와 책임이라는 교육의 본질적 가치를 회복해야 한다는 조심스러운 제언이다.

3) 무너지는 스승 위엄 안타깝다 [경향신문 2005.5.13.]

15일은 스승의 날이다. 신문이나 방송에서도 특집을 다루고 한결같이 스승의 은혜는 하늘 같다고 말하고 있다. 그러나 요즈음 선생님들은 자신이 더 이상 존경이나 감사의 대상이 아닌, 단순히 가르치는 직업인일 뿐이라고 자조 섞인 말들을 하고 있다. 한때는 스승의 날을 휴일로 정하고 5월 한달을 촌지없는 달로 정해 스승을 뇌물과 연결시킴으로써 스승의 날이 곤혹스러운 날로 변질되기도 했다. 극소수 일부 선생님들 때문에 지금도 스승의 날에 존경받아야 할 선생님들은 혹 촌지라는 달갑지 않은 이름에 연루될까봐 가슴 졸여야 하고, 학부모는 학부모대로 선물이 주는 부담 때문에 선생님 찾아뵙기를 주저하는 마음을 갖고 있다.

스승의 보람은 천하의 영재를 얻어 교육하는 것을 큰 기쁨으로 꼽는다. 또 군사부일체라고 해서 스승과 아버지, 그리고 임금을 같은 위치에 올려놓고서 스승을 존경했다. 그런 전통을 가진 우리가 언제부터인가 물질만능의 사회풍조에 힘이 쏠리고 있다. 이로 인해 선물이 뇌물로 탈바꿈해 이 땅의 교육은 무너지기 시작했다. 최근에는 자기 아이를 나무랐다고 툭하면 스승을 고소하는 엄마들이 늘고 있다. 이렇게까지 스승의 위엄이 해가 갈수록 무너져 가는 것을 보니 너무 안타깝다. 올해는 아무런 조건이나 잡념을 버리고 감사의 마음을 담은 꽃 한송이를 우리 선생님 가슴에 달아 드리자.

. . . .

존경의 언어가 사라진 자리에서

스승의 위엄이 무너졌다는 아쉬움을 단순한 권위의 상실이 아닌, 신뢰의 구조가 흔들린 결과로 바라보았다. 촌지 논란과 물질 만능의 풍조 속에서 스승의 존재가 존경의 대상에서 이해관계의 대상으로 변해버린 현실을 짚으며 교사와 학부모 사이에 놓였던 보이지 않는 신뢰의 끈이 얼마나 약해졌는지를 돌아보았다. 과거의 권위를 되살리자는 주장이 아니라, 교육이 존중과 책임이라는 공동의 약속 위에서만 가능하다는 사실을 환기하고자 했다. 스승의 날이 형식적인 기념일에 머무르지 않고 교육을 둘러싼 우리의 태도를 성찰하는 날이 되어야 한다는 뜻을 담았다. 존경은 강요로 세워지는 것이 아니다. 사회 전체가 함께 지켜주는 신뢰의 토대 위에서만 가능하다는 점을 조심스럽게 묻고 싶었다.

6 ———

사회를 떠나는 사람들

이 장은 왜 사람들이 사회를 떠나고 싶어 하는지를 묻는다. 개인의 선택처럼 보이지만 그 이면에는 사회가 감당하지 못한 문제들이 있다. 떠남은 도피가 아니라 신호일 수 있다.

1) 이민의 어두운 그림자 [한겨레신문 2005.2.13.]

사무실에서 창문을 열면 미국대사관이 보인다. 이 엄동설한에 이민 수속을 위해 대사관 담장을 끼고 끝없이 늘어선 사람들의 행렬은 우리 사회의 단면이 아니겠는가.

국가와 국민의 관계는 선택적 결과가 아닌 운명적 결과이다. 한 국민으로서의 일정한 자격을 스스로 포기하는 이민은 하나의 '사건'일 터이다. 그런데 이 나라를 떠난 사람들이 많다. 그리고 떠나려는 사람들도 많다. 이 땅에 희망이 없어서라고 한다. 혹자는 정직과 능력보다 정실과 지연이 우선하는 사회에 정나미가 떨어진다고 한다. 언제 퇴출될지 모를 만큼 직장은 불안하고 이미 직장을 잃은 사람들은 재고용 희망이 없다고 한다. 무엇보다 유치원부터 시작되는 치열한 경쟁 메커니즘과 이와 연동하는 사교육비의 부담 때문이란다. 엄청난 사교육비의 고통을 감내하고 교육을 시키더라도 자녀의 장래가 불안하다는 것이다.

이유야 어떻든 적어도 하와이 이민 때처럼 배가 고파 떠나는 이민은 아니다. 인간은 밥 외에도 희망을 먹고사는 존재다. 배고픔 못지않게 희망의 잃음은 조국을 떠날 이유가 될 것이다. 오죽하면 떠나려 하겠는가. 저마다 이 생각 저 궁리 다하고 결정했을 것이다. 새 세계에서 희망을 찾는 일은 얼마든지 환영할 만하다. 좁은 땅을 박차고 나가 넓은 곳에서 자신의 능력을 시험하고 자식들을 기회 많은 땅에서 살게 하겠다는데 누가 뭐랄 수 있는가.

그러나 이러한 이민 열풍과 더불어 원정 출산의 문제, 심지어 한국과 미국 이중국적일 때 하나를 택하라면 미국 국적을 택하겠다는 대학생이 많다는 데 생각이 미치면 우리나라를 탈출하고자 하는 열풍을 긍정적으로만 볼 수 없다는 생각이다.

이민에 솔깃한 사람들은 우리나라를 지나치게 폄하하고 외국에 대해서는 환상을 갖고 있는 것 같다. 이들은 우리나라가 과거 어려움을 어떻게 극복하여 지금의 국가가 되었는지 한번 생각해 볼 일이다. 이민이 모든 문제를 해결해 줄 것이라고 생각하면 오산이다. 관심을 갖고 이민 경험자들의 충고를 들어보면 외국의 삶이 얼마나 냉혹하며 우리가 잘못 알고 있는지를 알 수 있다.

현실의 삶이 힘겨우니 이민이나 가겠다는 식의 해결 방식은 옳지 않다. 오늘의 이민 열풍에서 어려움을 극복해보겠다는 꿋꿋함보다는 신기루를 찾아 여기저기 헤매는 나약함을 보는 것 같아 안타깝다. 한국 사회가 아무리 절망적이어도, 경제력이 없어진 늙은 부모를 버릴 수 없는 자식처럼 아직은 이 사회에 대한 미련을 버릴 수 없지 않은가? 그러나 저마다 회색빛 사연들을 안고 조국을 등지고자 하는 저 행렬들은 우리 사회 구성원 모두의 책임이 아닐까 하는 고민을 우리 함께 했으면 한다.

....

떠나는 선택 뒤에 넘겨진 사회의 책임

이민을 결심하는 행렬이 단순한 개인의 선택을 넘어, 우리 사회가 구성원들에게 희망과 공정이라는 최소한의 기대를 주지 못하고 있음을 보여주는 뼈아픈 사회적 징후임을 짚었다. 가난이 아닌 절망 때문에 떠나야 하는 이들이 늘어나는 현실은 공동체의 해체와 남겨진 이들의 박탈감을 가속화하며, 이는 국가가 미래를 약속하지 못하고 있음을 증명하는 불편한 기록이다.

이 글은 떠나는 사람을 비난하거나 애국심에 호소하려는 것이 아니다. 왜 이곳이 떠나고 싶은 사회가 되었는지에 대해 남아 있는 우리 모두가 스스로에게 던져야 할 절박한 성찰이자 공동체의 책임을 묻는 질문이다.

7 ———————

우리가 서 있는 자리

이 글은 하나의 질문으로 모인다. 우리는 지금 어떤 자리에서 이 사회를 바라보고 있는가. 선택하지 않았다고 해서 책임에서 벗어날 수 있는 것은 아니다. 이 글은 시민으로서의 위치를 다시 묻는다.

1). 우리는 어떤 길 위에 서 있는가 [사회복지연합신문 2025.12.13.]

반짝이는 거리의 조명, 크리스마스 캐럴, 그리고 끝을 향해 다가오는 한 해. 거리는 축제의 불빛으로 가득 차지만, 그 화려함 뒤에는 우리가 눈감고 싶었던 또 다른 현실이 어둠 속에 숨어 있다.

한쪽에서는 부와 사치가 화려하게 과시되지만, 다른 한편에서는 오늘 한 끼 밥조차 걱정해야 하는 아이가 있다. 경제적 절박함 앞에서 천하보다도 소중한 생명을 포기하려는 누군가가 있고, 배고픈 아이의 고통은 단순한 불편이 아니라 생존의 문제이다.

그런데 이 고통은 더 이상 개인의 비극이 아니라, 우리 사회 전체의 짐이 되어가고 있다. 2024년, 통계청 집계에 따르면 한국에서 스스로 목숨을 끊은 사람은 14,872명에 달한다. 하루 평균 약 40.6명이 삶을 포기한 셈이다. 이 숫자는 13년 만에 가장 많은 자살자 수이며, 인구 10만 명당 자살률은 29.1명으로, OECD 평균(약 10.8명)의 거의 3배에 이른다.

이 심각한 현실을 더 이상 외면할 수는 없다. 이에 이재명 대통령은 최근 열린 국무회의에서 "자살은 더 이상 개인의 문제가 아니라 사회 전체가 책임져야 할 국가적 재난"이라 선언하며, 김민석 총리와 정부 부처들에게 긴급한 해결책 마련을 직접 지시했다.

이 발언은 단지 정치적 선언이 아니라, 우리 모두에게 던지는 무거운 물음이다. 크리스마스와 연말연시는 단순히 한 해를 마무리하고 새해를 맞는 시간이 아니다. 우리가 지금 어디에 서 있는지, 어떤 사회를 만들고 싶은지, 그리고 우리가 지켜야 할 최소한의 인간다움이 무엇인지를 묻는 시간이기도 하다.

만약 우리가 그 빛나는 거리를 지나치며, 눈에 보이지 않는 이웃의 처절한 고통을 외면한다면, 우리는 무엇을 잃게 될까, 도움은 거대한 희생이 아니다. 외면 대신 눈을 마주치는 것, 무관심 대신 손을 내미는 것. 우리가 내딛는 작은 발걸음이 모여 사회의 틈을 메울 수 있다. 이제 남은 한 해를 마무리하며, 그리고 새해를 맞으며, 우리가 함께 해야 할 것은 무엇인가.

배고픈 아이들의 내일을 책임지는 사회, 경제적 절박함 앞에서도 생명이 존중받는 공동체, 누구도 혼자 남지 않도록 하는 연대와 연민, 고통에 처한 사람들을 지나치지 않는 책임감, 우리 모두가 함께 만드는 크리스마스의 기적이 새해의 희망이 되기를, 그리고 우리가 내미는 손길이 누군가의 절망에 마지막 문이 아니라 새로운 시작이 되기를 소망한다.

오늘 필자가 던진 이 화두가 단순한 연말 인사가 아닌, 우리 사회가 가야 할 방향에 대한 작은 호소가 되었으면 한다.

··

화려한 불빛 아래에서 이면된 생의 무게를 묻다

연말의 화려한 축제 분위기 이면에서 경제적 절박함과 고립된 죽음이 통계처럼 반복되는 현실을 마주하며, 우리 사회가 고통을 어떻게 개인의 무능으로 치부하고 외면하는지 성찰했다. 경쟁과 효율만을 앞세운 길 위에서 뒤처진 이들의 목소리가 침묵 속에 묻힐 때, 공동체의 연대는 점점 무뎌지고 우리가 무엇을 가치 있게 여기는가라는 근본적인 질문 또한 흐려진다.

이 글은 화려한 불빛이 닿지 않는 곳을 돌아볼 최소한의 용기를 촉구하며 누구도 혼자 남겨두지 않는 사회를 향한 성찰만이 우리가 나아가야 할 진정한 방향을 제시할 수 있음을 말하고자 한다.

맺는말

이 책의 글들은 어떤 결론을 내리기 위해 쓰이지 않았다. 옳고 그름을 가르기보다 내가 서 있었던 자리와 그때의 생각을 기록하는 데 더 가까웠다. 삶을 돌아보며 쓴 에세이도 신문 지면에 실렸던 글들 모두 같은 질문에서 출발했다. 나는 어떤 선택을 해왔는가, 그리고 그 선택 앞에서 나는 얼마나 책임을 지고 있었는가라는 물음이었다. 돌아보면 나는 늘 완벽한 선택을 해온 사람은 아니었다.

때로는 미루었고 때로는 돌아갔으며, 때로는 버텨야 했다. 그러나 한 가지는 분명하다. 설명해야 할 순간을 피하려 하지 않았고 침묵이 더 편한 자리에서도 질문을 완전히 내려놓지는 않았다. 어쩌면 그 태도 하나로 여기까지 온 것인지도 모른다.

공직에서의 시간은 내게 많은 것을 가르쳐 주었다. 제도는 늘 옳지 않고 사람은 늘 실수한다는 사실. 그리고 그 사이에서 시민의 삶은 언제나 영향을 받는다는 점이었다. 그래서 더 조심해야 했고 그래서 더 기록해야 했다.

이 책은 그 기록의 일부다. 이제 공직이라는 이름에서는 물러났지만, 시민의 자리에서 완전히 벗어난 것은 아니다. 오히려 그 자리는 더 분명해졌다. 누구의 말을 믿을지, 어떤 침묵을 받아들일지, 어떤 선택 앞에서 멈추지 않을지를 스스로 결정해야 하는 자리다. 그 결정은 여전히 쉽지 않다. 이 책을 덮는 독자에게 바라는 것은 크지 않다. 나와 같은 생각을 하길 바라지도 않고 같은 결론에 이르길 기대하지도 않는다.

다만 자신의 자리에서 한 번쯤 질문을 꺼내보는 계기가 된다면 충분하다. 우리는 어디에 서 있는가, 지금의 선택을 설명할 수 있는가라는 질문 말이다. 질문은 늘 불편하다. 그러나 질문이 사라질 때 우리는 너무 쉽게 방향을 잃는다. 이 책이 하나의 끝이 아니라, 각자의 질문이 다시 시작되는 지점이 되기를 바란다. 나 역시 그 질문을 안고 시민의 자리에서 조용히 살아가려 한다.